也斯的香港

也斯的香港

（增訂版）

也斯 著　也斯 攝影

三聯書店（香港）有限公司

書名題字　蕭　滋
責任編輯　朱卓詠
裝幀設計　朱桂芳
書籍排版　陳朗思

書　　名　也斯的香港（增訂版）
著　　者　也斯
攝　　影　也斯
出　　版　三聯書店（香港）有限公司
香港北角英皇道 499 號北角工業大廈 20 樓
Joint Publishing (H.K.) Co., Ltd.
20/F., North Point Industrial Building,
499 King's Road, North Point, Hong Kong
香港發行　香港聯合書刊物流有限公司
香港新界荃灣德士古道 220-248 號 16 樓
印　　刷　美雅印刷製本有限公司
香港九龍觀塘榮業街 6 號 4 樓 A 室
版　　次　2005 年 2 月香港第一版第一次印刷
2022 年 6 月香港增訂版第一次印刷
2023 年 11 月香港增訂版第二次印刷
規　　格　特 16 開（152 × 228 mm）208 面
國際書號　ISBN 978-962-04-4974-1

增訂版序

和《也斯的香港》也有緣分，二○○五年左右在中環三聯書店四樓的藝術空間有個也斯的攝影展，也斯叫我們學生參加開幕典禮。那大概是我第一次參加文學活動。當時社會關注西九文化區的設計，對藝術有相對廣泛的興趣，同時期香港藝術館舉辦的印象派展覽也非常受歡迎。在那個氣氛之下，《也斯的香港》為一本作家同時寫作與攝影的書，在當時是一件新鮮而且受注目的事情。

《也斯的香港》的起點，以出版觀點來看，屬於一套現代文學作家叢書，最初的作者包括魯迅、沈從文、老舍、郁達夫等，應該都可說是“公版”書，然後配上圖片，都是書海裡見編輯工夫，希望能在眾多名家選本中突圍而出，結果是非常成功，當時已廣受注目。現代文學作家選集一般不會有香港作家，編者舒非邀得也斯來加入叢書，是一突破；也斯以作者身份自選文章是另一突破；相片由一般地方照片一轉而成為作家親自拍攝的照片，是第三突破。這種擴展叢書的工夫，也是一種“尋找空間”的方法，需要依賴編者和作者共同對文化與出版業有深刻了解才能完成，也令這本書跳出了叢書的體系而成為一部經典。《也斯的香港》現在也承載了更多的意義，成為了閱讀也斯的一個重要切入點；另一方面這書也可能是不少新一代閱讀也斯的第一本書。

《也斯的香港》並不是孤立的線索，更早而必須提起的應該是《梁秉鈞卷》。《梁秉鈞卷》是香港三聯書店在一九八九年十一月出版的“香港文叢”叢書，當中包括《劉以鬯卷》、《徐速卷》、《溫健騮卷》、《曹聚仁卷》、《舒巷城卷》、《西西卷》、《海辛卷》與《葉靈鳳卷》等。也斯提到“香港文叢”，總會說感謝當時三聯總編輯董秀玉有視野，在一九八八至一九九○年間出版了這套書，對推動香港文學有重大貢獻。今次增訂版的《也斯的香港》多收了五篇文章，有〈說故事的人：海辛〉，也算能回應這一緣分。八○年代是香港文學研究進入學院與得到更多研究的重要時期，也斯一向重視香港文學該有、應得的地位，會說到出版社願意出版香港文學叢書是很重要的空間，不應貿然終斷出版社對香港文學的好意。這種為香港文學發聲、尋找空間的使命感，念慈在慈要注意對香港文化空間有貢獻，能得也斯當時言傳身教，於我真是萬分難得的經驗。那是後來《也斯的香港》出現的遠因，亦看到作者角度之下怎樣和出版社建立長久的合作關係。幾年後也有大陸出版社希望出版簡體版《也斯的香港》，也斯則決定另外編一本《也斯看香港》（二〇一一），可說是本書的姊妹篇，也是從側面肯定了《也斯的香港》的重要性。

二〇〇五年的攝影展很有趣，也斯強調他不是攝影師，用的也是一部“傻瓜機”，不過作家以人文藝術的視野觀察香港，也斯認為會有他獨特的視野，會有與別不同的觀看方法。開幕禮當天，我還記得吃了灣仔“檀島”的蛋撻和奶茶，書店四樓的藝術空間好像是當天正式開放的，之後亦舉辦了不少文藝活動，可惜後來也消失了。也斯是很重視香港文藝空間的，一直參與各種文化活動，也經常提醒我們在這些空間交流與溝通的重要性。當時攝影展的相片大部分都在書中找得到。在那些照片中能見到也斯對視覺藝術的重視，也能連結也斯與眾多藝術家的互動、合作與評介。也斯曾主動說到初版封底的電車，會不會覺得電車與香港這種聯想太定型，他反對一些輕率的象徵，例如以電車、帆船去代表香港；然後他又說放在封底還是可以的，對出版社來說有諸多推廣上的現實考慮。在《也斯的香港》中的文字與照片，都是也斯經過思考取捨挑選而來，呈現了人文學者眼界之下的香港，介紹值得被注意的香港人與物，隨著時代而沉澱，當中的照片更添了歷史意義。這樣一件完整的藝術作品，值得向今天的讀者重新介紹。

曾卓然

二〇二二年五月

序

一

用“作家和故鄉”這樣的概念來編輯一套圖文並茂的小畫冊，收作家寫故鄉的文字，配以當地的照片，讓讀者在讀作品之餘，又有視覺上的感受——考慮這一選題時，最先想到的當然是《魯迅的紹興》、《沈從文的湘西》和《老舍的北京》，然後又有了《郁達夫的杭州》、《馮驥才的天津》、《王安憶的上海》等。叢書是在香港編的，按理香港也應有一冊。於是我們找了也斯來編這本《也斯的香港》。

我常常覺得，也斯是很香港的。香港本來就是一個移民的城市，作家從內地移居本港更是長久以來的傳統，有的居留一段時間後各奔東西，有的從此駐足這塊土地，更有的埋骨於香港的青山綠水。早年有蕭紅、茅盾、端木蕻良等，後來有徐訏、徐速、張愛玲，再往後有劉以鬯、金庸，文革後又有大批南來作家移居香港。也斯不能算移民作家，雖然他也不是香港出生，應該是周歲未到的襁褓中就隨父母移民香港，但是在這裡得到啟蒙，得到教育，是香港蒼翠的山水滋養了他，是維多利亞港溫暖的海風薰陶了他。套用張愛玲的話，或許可以這麼說：香港造就了他。

但是這也構不成“也斯是很香港”的理由。香港培養、造就的作家豈止也斯一個！我想讓我覺得“也斯很香港”的一個很重要的原因是，他相當愛香港——我不說“喜歡”，我說的是“愛”。程度是不一樣的。喜歡淺一點，愛則深沉得多。喜歡有時只喜歡優點，愛往往包含所有，“哀其不幸，怒其不爭”，“愛之深，責之切”，聽也斯講香港，我會有這樣的感覺。

也斯最不能忍受的是有些來自外地的作家，對香港一知半解，在所知只有一鱗半爪的情況下便“扮專家”寫香港，這很容易變成獵奇式的浮光掠影，造成不懂香港，尤其是沒來過香港的讀者，以為香港就是一座又一座的高樓大廈，就是一整個巨大的購物商場，就只有花花世界、紙醉金迷。我在想，或許也斯會認為香港是多元的，有靈魂的，是複雜而有味道的。像也斯這樣介意別人怎樣看香港，關心不同媒介如何“描寫”、“再現”的作家，在我的接觸中，還真不多見，所以我不能不想到他的確很愛香港。

二

我讀《也斯的香港》時，覺得和《王安憶的上海》有點相像。這相像之處在於他們的角度。他們都不正面寫上海或者香港，重點不放在繁華的街道和鬧市之中，他們喜歡擷取都市的某個獨特的側影，一個小故事，一個普通或者不普通的人物。他們通過一個個並不顯眼的細節，一點一滴，讓讀者感受他們所處都市的面貌和味道。他們希望這面貌不是平面的，而是有深度的，這味道是獨特的，可以叫人為之深思、低迴。

可是他們又有很大的不同。王安憶寫在上海一個里弄裡，度過漫長而憂鬱的午後，強烈的日光和內心的掙扎不斷痛苦地交織，抽絲剝繭般，緊緊攫住人心，叫人感同身受讀得透不過氣來。也斯的香港沒這種感覺。也斯的香港比較輕快，有時有趣又好玩。他寫〈書與街道〉，將兩種風馬牛不相及的東西拈在一起。說到書架上的書每天又蒙上灰塵，灰塵來自街道，“書本中的塵埃暫時取代了生活中的塵埃，彷彿也真有點迷迷濛濛”，突然筆鋒一轉，講到住所的樓下是修理汽車的，“這一帶路上最常見的是汽車，其次要算狗了”，“你可以在這裡找到最奇形怪狀的汽車；當然，你也可以找到最奇形怪狀的狗”，讀來令人莞爾。

〈加鹽的咖啡〉講到在下着雨的周末下午，作者手拿一包香味撲鼻的咖啡粉乘搭小巴，旁邊坐一黑衣長辮“自梳女”，她熱心向他提出“咖啡加鹽”而不加糖的建議，理由是這樣做能“聚火”，對身體有益。滿腹古舊風俗的老婦與讀過許多洋書的現代書生一起呈現，古老的事物發生在摩登都會的街頭，對比強烈，也格外有趣。

這種有趣的畫面、鏡頭，在這本《也斯的香港》可謂俯首皆是，時時給予讀者會心而愉快的微笑。

三

一般來說，寫地方總要牽涉到人，人物常使地方增添了色彩，增加了情趣。《也斯的香港》裡有不少篇幅寫到人。如劉以鬯、舒巷城、李歐梵、李家昇、李國威、陳炳良、葉輝、鄧達智、梁文韜、葛拉軾（Gunter Grass）等。

也斯寫人，很看重兩點：一是他們對香港文學或文化的貢獻；二是他們的"現代性"。比如寫小說家劉以鬯，他說："《酒徒》後來被人譽為'中國第一本意識流小說'，對我個人而言，更難得的是它是第一本反省香港處境的現代小說，讓我們看到現代小說的技巧和反思精神，可以轉化為對香港現實的感慨；同時它又是一本幫助我們重讀五四傳統的作品。"一句話概括得很好，劉以鬯先生對香港文學的貢獻不就是這樣嗎？——既是開拓者，又是繼承者。

也斯說劉先生的"現代性"，"不僅來自作品，也來自生活的態度"。不管是文章內還是文章外，我不止一次聽也斯大讚劉先生，說他一邊做商業報館編輯，一邊堅持刊登實驗文學作品，並且提攜後進。寫人物，也斯仍不忘幽默。幾句話，將《快報》歲月的劉先生畫龍點睛地描繪出來："他對生活有很強烈的好奇心，反應敏捷，而且有難得的幽默感。有時他壓低聲音，說一兩句挖苦報館的笑話。"文章的最後寫得非常漂亮——

我認識的小說家，是一個喜歡砌模型的人，忘形於塗髹人物、擺設背景，又是收集郵票和陶瓷的專家，懂得現代人的沉迷也能抽身描寫沉迷，喜歡逛街，擅於傾聽市井的俚語、觀察繽紛的衣着與手勢，又能冷眼判斷，時有混雜笑謔的悲憫。我以為劉以鬯是一位真正的"現代"小說家，而這"現代"的意義猶未完全為大眾理解。這現代不在技巧的實驗，而在那種透視現實的精神。從意識流手法的《酒徒》到平行對位並置的《對倒》、從詩小說〈寺內〉到抒情的〈除夕〉到故事新篇的〈蛇〉與〈蜘蛛精〉，從沉思的〈春雨〉到實驗性的〈打錯了〉，在技巧創新之外，新鮮的亦是作者的態度；不從抽象的觀念出發，低調地把人物擺放在環境中試探他們的限制和可能，以藝術作為一種存在的探索。他的文字特別乾淨漂亮，不帶浪漫，不假作溫情，沒有宗教的超越或鄉土的傷感，重新塑造一種現代人的平視和理解。他的作品和論文重寫了中國現代小說的傳統。

也斯寫舒巷城，也是着重說他“很早就在短篇小說裡寫到鯉魚門、西灣河、香港仔、‘三十間’等地方”，雖然大部分論者都認為舒巷城是香港“寫實派”、“鄉土派”的代表，也斯獨排眾議，認為其實不然，他說舒巷城“熟知現代小說三昧”，只不過選擇用“比較樸實的方法去寫普通人生活”。換言之，他認為舒巷城的小說是有“現代性”的。

再舉一例：〈狐狸先生李歐梵〉，單是篇名已令人莞爾，知道李歐梵的人又覺得挺形象，名副其實。文章談到李歐梵的點慧、幽默和自嘲，是舉重若輕，頭腦靈活又“不安於室”的“狐狸”，生動而到位。當然，最重要的是李歐梵對香港文化的認識與興趣，在他同代知識分子中是少見的。

寫到同代人，就更為得心應手了，〈從甕中長大的樹〉是其中表表者。《甕中樹》是葉輝的散文集，葉輝和也斯應是志同道合的朋友。文章說到葉輝“輾轉從一所私立中學到另一所私立中學，也是由一個甕到一個甕吧”，巧妙生動、形象有趣，得力詩人的想像，然而有趣之中不無心酸：“我們在香港長大的這一代，多少總有相似的經歷：成長的挫頓和尋索、局限和超越，對我們來說都熟悉不過”，“也許我們都是從甕中長大，所以對甕內的顏色和紋理瞭如指掌”，“幸好甕口總可以張望天地，甕內也有寬大的圓腹”。在有趣的比喻裡埋藏深刻含義，也斯寫得最好的散文中，有這種味道。

也斯承認自己愛寫人，七〇年代的《街巷人物》寫馬路上的人物、新舊交替時代被淘汰的人物，或在社會潮流以外的老人與小孩等，八、九〇年代寫了不少文化人、藝術家，千禧年以來則寫一些普通人及潮流文化的人物，如李澤楷（〈昨夜我遇見李察〉）、黃耀明（〈添馬艦旁的老竹頭〉）、梁文韜，甚至香港通俗文化的偶像，如成龍、李小龍、芳艷芬（編按：非全部見於本書），不一定所有代表人物他都寫過，但通常都是通過人物寫某些素質、寫某些時代的特色。

四

作為也斯的讀者，我幾乎沒讀過什麼濃墨重彩、感情澎湃的篇章，他常常落筆較輕，看似輕描淡寫，巧思卻藏在字裡行間，頗耐咀嚼尋味。

也斯嘗試用不同的方法描寫香港，在他的詩歌、散文、小說中都描寫過香港生活（寫離島、花布街、鴨寮街，寫屯門或殘破的新界現貌等），拍攝香港紀錄片，試過跟攝影師、跟舞蹈戲劇界朋友合作，他不用定型的教科書的寫法，往往自己去發現、去描述現實生活的種種面相。大概也斯特別討厭因循守舊或者一成不變，所以千方百計尋找和挖掘新的事物和意念，時刻想着嘗試與創新。我有時這樣想：他可能自己怕“悶”，也怕悶壞別人，以致時時要讓自己和讀者都覺得“好好玩”。

總而言之，也斯的香港是真實的香港，地道的香港，香港人讀了，不會覺得講外行話，冒充港人。香港以外的讀者讀了，也會覺得這是個實實在在的活生生的香港，有趣味，有微笑，也有苦澀；有過去，當然，也有期盼中的未來……

舒非

二〇〇四年八月

目錄

也斯攝影：都市系列

書與街道

住的地方塵埃特別多。起初搬來的時候不曉得，早上打開窗子出門去，回來時架上的書本都蒙上一層塵埃。以後有好幾個早晨無緣無故想起葛蒂沙小説裡的一句話：“布宜諾斯艾利斯也許真是一個清潔的城市，但這只不過是因為它的市民打掃得勤快罷了。”有好一陣子腦中只是反反覆覆的這一句話。書本中的塵埃暫時取代了生活中的塵埃，彷彿也真有點迷迷濛濛。然後，走到街上，風一吹，才又覺得那句話也許並不貼切，甚至也沒有什麼幽默了。

住所樓下是修理汽車的，這一帶路上最多見的是汽車，其次要算狗了。你可以在這裡找到最奇形怪狀的汽車，當然，你也可以找到最奇形怪狀的狗，

也斯攝影：都市系列

但怎麼也比不上汽車。每天都有不同的破車擱在修理行門前。走過時可以看見吹管的膠喉盤捲在地上，手持的管口噴出火焰；給汽車噴油時空氣中充滿了顏色的霧氣和油漆的香味。修理汽車的人臥在地上，從汽車底伸出半截身子來；或者蹲在一旁把一塊鐵片鎚圓；或者站在車旁，用抹布揩着補過鐵灰的車子，好像揩着他們自己身上的一個傷口。汽車與人連結成一體，這些汽車彷彿是活的，你可以給它們安上人性化的形容詞，你可以說它們是笑歪了嘴巴或是砸掉了天靈蓋的，至少比起用布裹起拋在理髮店前邊溝邊的那隻死狗來，它們是更有生命的了。理髮店的理髮匠在比較清淡的鐘點圍在對街幾爿舖子的寵物店門前——寵物就是狗的意思——他們沒事可做的時候就跑到那裡看狗，也許他們是為了看那個下午來替狗化妝的日本女子。

汽車就亂擱在修理行門前，反正這裡是橫街，經過的車輛並不擠迫。樓上的住客有時找不到停車位置也託下面的人看着車子，警察來時修理行的人就打電話上去叫他們下來把車開走。對這樣的事情他們自有他們的一套規矩。在外面一瞥只是看見噴漆噴得一團黃一團綠的車身、用舊報紙覆着的車窗和輪胎、拆下來的零件、鐵橇、抹布、鐵棒、膠喉、吹管、油漆、電源變壓器，和許多你叫不出名字的用具。可是它們確是有它們各自的名字，和一個包含着它們和跟它們有關連的人與事的世界，如果你不能使用那種語言就很難進入那個世界了。

單單一些汽車是沒有那麼複雜的。你看着它們碎裂的玻璃窗和凹陷的車頭蓋，你猜想它的歷史，你告訴自己發生了什麼事，你幾乎可以聽見當時煞車的聲音和人們的尖叫，加快跳動的脈搏與張惶。當然那些人們也有他們的歷史，你繼續添上一兩個人物，補充一些細節，你自由地加油添醋，它們也不會反駁你。汽車是這樣，狗卻不同，牠們有時會躺下來曬太陽，可是牠們也會單獨跑進電梯裡或者在街上打架，還有在半夜蹲在一輛汽車旁邊的小狗是叫人難忘的。

街道上永遠有不同的汽車和狗供你臆度，即使是同樣的汽車和狗，每次的感覺都不盡相同。每次走過這些街道的感覺都是不同的，就像每次重看同一本書的感覺都是不同的。每次翻閱帶來新的聯想與印象。記憶中的書本跟

（上）也斯攝影：櫥窗系列

（下）也斯攝影：物語系列

環境、跟物質、有時也跟人物產生連繫：跟雨天的車廂、跟熱茶的味道、跟疾病、跟殺蟲藥的氣味、跟某人的一句話、跟寒冷、跟倚窗望出去蒼白的夜半街頭的景象相連，跟鑰匙、跟羽毛、跟硫磺、跟雨傘、跟水瓶、跟橡皮擦、跟絲綢的感覺或是跟鐵器拍擊的聲音相連，甚至跟飄飛的塵埃相連，甚至，跟你走過的街道的印象相連。當你想起這一樣的時候連帶想起那一樣。像代數的數字一般可以互相取換。某人在經過銀幕街時說：“這就是你說走過時想起張愛玲的作品的地方？”解釋是不容易的。怎樣解釋一所上海館子的橙色燈光加上賣栗子的攤子加上洗衣鋪的一縷縷蒸氣竟然會等於白流蘇或潘汝良或王嬌蕊的世界？解釋是不容易的。說起張愛玲的作品，現在最先想起的是曼楨房中那方曬餿的毛巾和聶傳慶額頭抵在籐箱上印下的凹凸的痕跡。然而在“聯想”的公式中等號的兩邊並不真相等。那些毛巾與痕跡，現在也許已經是我自己腦中摻進許多聯想與解釋而積累成的一個籠統的概念了。

韓尼．馬格萊有一幅畫用蘋果來代替畫中人的臉孔，那些喜歡用書本中的經驗來代替現實生活經驗的人們的肖像大概就是在臉上掛一本書。比較起來當然是蘋果比較有趣點，而且聽起來沒有那麼傷感。有人說書本是一種逃避，不過可不是只有書本裡的才是一個幻想的奇特世界，有時街頭的世界是更奇怪、更難以置信的。喜歡街道的人的肖像大概就是在臉上掛一條街了。

這附近的街道可以說並不美麗，至少一個植物愛好者會這樣說。這裡根本沒有夾道的樹木，否則人就要被迫遷徙了。不過這

（左）（右）也斯攝影：物語系列

裡不是要說一個植物愛好者的故事。還是說人和街道，或者說，街道和人吧。第一個印象是跟我住的地方隔開三四條街的那所雪糕廠，有一趟從它難得敞開的大門望進去，我看見上千的鐵罐子。要那麼多鐵罐子來作什麼？不曉得。守門的印度人一個人坐在矮櫈上，在盈千的鐵罐子的背景中顯得孤掌難鳴。另一趟，我看見裡面擺着數不清的玻璃瓶。空空的玻璃瓶。物質總是複數的。這些街道上充滿性質不同的舖子，走過一間你看見幾十把掃帚，另一間是幾千個藥瓶，一排排的原子筆，或者一疊疊的元寶溪錢。連寵物店近日也在櫥窗上擺滿一瓶瓶的洗身水、消化劑，防蟲劑、杜虱劑，終有一天杜虱劑會比虱子還多。隔開一道橫巷的上海館子有一天在門前放了個大籮筐，老闆正在把裡面的東西掏進一個盆子裡，走近一看，整籮全是酸蒜。街上一陣風捲起無數紙屑。

“現實”不願意讓它的觀眾挨悶，使物質以複數或者放大的形態出現使人驚奇。可是在這附近碰見的人反而都是單數的或者少數的。單獨坐在停於陰影處的汽車中的男子、在一輛工程車旁邊的行人路上的乞丐、沿街搭的攤位中熨衣服的婦人、喝一口水朝陽光噴出來的小孩、站在水族館前凝神的老人——我有一次遠遠看見其中一個水族箱裡有一個會張開的貝殼正在打開它自己，等我走近時它已經合上，我站在老人身旁等待，可是它再也不張開了，只有幾尾笨重的魚在苔綠的水中張嘴。還有一個獨臂的送報人，憑着單車，把報紙扔上沒有電梯的幾幢較矮的屋子的三樓或四樓去。還有傍晚時分在餐室獨自吃着煙鯧魚的中年男子；有一次在那邊停車場外石墩上坐着個老婦人，不曉得為什麼坐在那裡，她頭上裹着鮮紅的頭巾，像一個老印第安人，因為某些時代或地域的錯誤而出現在這陌生的地方。另外一趟有兩個癡胖的男子站在街口，其中一個正在滿頭大汗吃力說話，走過時聽見他的聲音卻是拔尖的女聲，使人聽來吃了一驚，以為是有另外一個人附上他身體假借他的嘴巴說話。

如果一些異乎尋常的事情出現在書本裡，也許就要求一個合理的解釋，或者構成一個圓滿的象徵了。可是當它們一絲一忽地補綴成一條街道，你走過時看來卻沒有什麼異議，你也許知道發問也是徒勞的，也許你自己給它們一個圓滿的解釋。你看到它們淩亂時，你覺得它們沒有經過細心安排，你看到它們身上冥冥中存在某種秩序時，又相信它們並不是隨便亂湊在一起。現實的世界並不缺乏奇特，同樣它也不缺乏矛盾。書本不能帶人離開這種矛盾，也不能帶人離開這個世界。如果你坐在公共汽車的車廂裡讀包蓋士的短篇，日後回想起來，那個幻想的星球的一角裡，也依稀添進一個破口大罵把乘客推下車去的售票員的影子呢。

一九七〇年一月，原刊《灰鴿早晨的話》

也斯攝影：都市系列

加鹽的咖啡

星期六下午，天色陰冷。走過古老的郵政局大樓，有一兩滴雨點掉到身上來，於是便走上天橋。當我在這簇新的天橋上行走，看它如何把馬路突兀地裁成兩半，看一面是郵政局古老優雅的古式建築，一面是康樂大廈新款而醜陋的建築物，我也注意到空中的雨絲開始斜斜飄下。當我登上小型公共汽車，坐在窗旁看着外面的雨落下來，在這樣陰冷潮濕的氣氛中，手中剛買回來的那包咖啡粉正發散着濃洌的香味，叫人想到飲時的溫暖。

也斯攝影：都市系列

直至身旁的婆婆問我這包咖啡粉是不是從中環的辦館買來的，我才注意到她。我說了。然後她告訴我她以前也從那些地方買咖啡粉。她穿一身黑色的衣服，腦後留一條長辮。過去，當我乘電梯遇到同樣年紀同樣打扮的老婦人，她們多半瞪我一眼，看看我的頭髮，然後就假裝東張西望的站在門外，不跟我乘同一輛電梯。但這一次，這一位大概因為看到我手中的咖啡粉，竟然跟我談起來。她並且告訴我，她也是很喜歡喝咖啡的。對於我這自然又是一個意外。但更叫我意外的是，她熱心地向我提議：

“你試試加點鹽，味道不錯的。”

“鹽？”我以為自己聽錯了。

“是。”她認真地點頭。“用鹽，不要糖，比較‘聚火’，對身體有益。而且，現在的糖這麼貴……”

當小巴在海旁的新路行駛，她在不斷詢問司機下車地點之間，斷續地告訴我關於喝咖啡的經驗，比方西環的檔口過去是幾毛錢一杯，現在又幾毛錢一杯。當她下了車，黑色的衣褲和黑色的長辮沒入人群中就很難認出來了。但我想，或許改天我也試試加鹽的咖啡吧，不為什麼，只因為既然她這麼熱心的提議……

一九七四年十二月，原刊《神話午餐》

（左）（右）也斯攝影：都市系列

九十七張臉孔

路過藝穗會，看見裡面一個人物攝影展覽，進去看看，原來是攝影者在九七年拍下友人和家人的照片。我瀏覽一下，好像依稀從這展覽裡的人物肖像，多少知道了這位我素不相識的攝影師：她的圈子、她的日常生活、她的髮型師、她的牙醫、遊艇上或舞會上的友人、親暱的姊妹和父母。展覽裡也有其他人為攝影師拍照，但即使不是這樣，我也好似從拍攝的人物，見出了攝影者自己。他人的肖像也往往是我們的自畫像。

聽說這位攝影師過去是在中環工作的，至少有其他幾位影室設在中環的攝影師，也拍攝過不少人像，如梁家泰、朱興華，還有黃楚喬。我走在中環的街頭，看着各種各樣的臉孔，也想會不會有更多人來記錄這些街頭的臉孔。即使出了“中環人”這樣的題目，不同的人也會選出不同的九十七張臉孔，來勾勒他認識的世界吧。

也斯攝影：都市系列

每個人都有自己的名單。各不相干但也不見得不相往來。即使我與這位素不相識的攝影師，居然也有共同認識的人。我看着畫面上的年輕藝術家黃志恒和梁志和、老前輩邱良、展示新書的同事祈大衛、扮鬼扮馬的男女攝影師、穿唐裝的

武俠小說大師梁羽生

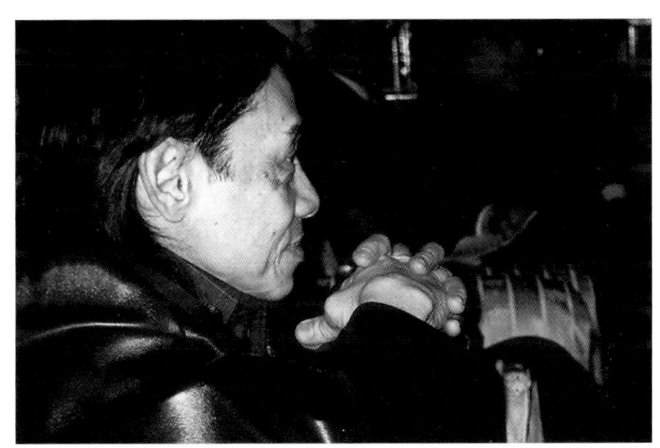

電影人泰迪羅賓

酒評人安妮貝·傑克遜

喜歡吃漢堡包的朋友格蘭

不喜歡漢堡包的馮美瑩

法國漢學家安妮・居里安

來自蘇格蘭的漢學家白賴恩霍浩頓

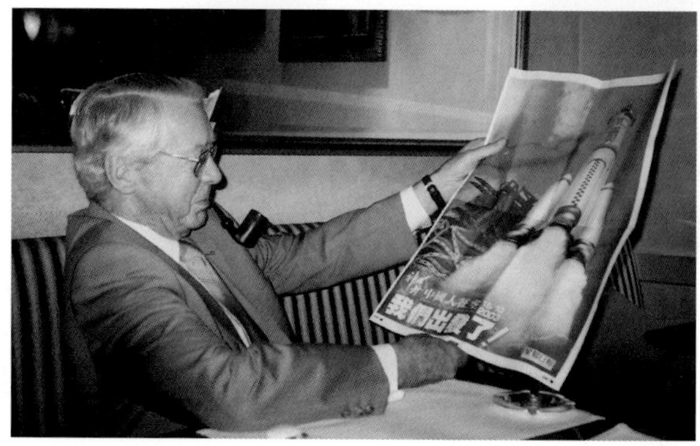

瑞典漢學家馬悅然

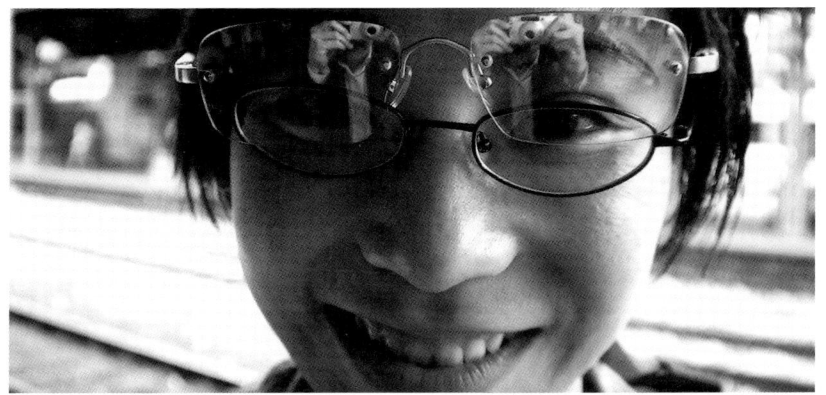

藝術行政人員小美

前瑞士駐港副領事約翰法蘭索瓦與夫人馬里蓮利用香港紅白藍材料創造日用雨傘。

東歐詩人蓮達

年輕詩人艾歌

也斯攝影：人物系列

張頌仁、微笑的鄧達智……我走進中環古老殖民地建築的外國記者俱樂部、藝穗會，或是走進近年發展出來的一些新的空間：六四吧、Visage I、Para Site，總會遇見一些熟悉的臉孔，又有另外一些不熟悉的臉孔。這些空間裡華洋雜處、新朋友與舊朋友共處一堂。這些空間，當我們最先踏足其間，吸引我們的是其中沒有很嚴格的階級、種族或意識形態的界線，只見許多不同圈子相疊相交，就像我們過去可以發表作品的報刊園地一樣。有一天當這些空間變得狹隘單一，變得排他了，你也會悄悄離開的。

我鼓勵我的攝影師朋友拍攝我們身邊豐富多姿的人像：舞者反覆試一個動作、阿婆喃喃自語、廚師驕傲又謙虛的神情、穿獵裝的城市獵人沾沾自喜；既狡猾又單純、既樸素又複雜，是我們每天在雲咸街或荷里活道上遇見的平常人。不容易用一個人去代表一個時代、濃縮一個地方。現在有人出版董建華傳、BBC 拍末代港督彭定康、港台的傑出華人系列選擇了黃永玉、貝聿銘和金庸。也有丁羽要配《癲佬正傳》，莫昭如、傅炳棠要講吳仲賢，而施遠，選擇去記錄街邊一個阿婆的生活。我覺得展覽裡的鞋子也說了一個動人的故事。

這些年下來，我也拍了許許多多在香港遇到的人物的照片。男女老幼、華洋混雜。九〇年代初，有感於許多人對香港的誤解，我寫了一些文字，後來收在九五年出版的《香港文化》一書裡。我說的是香港的故事為什麼這麼難說。最近有朋友以為我是反對外來人說香港的故事，強調"香港製造"，這恐怕是誤讀了。我說的是在爭奪說香港故事的過程中，產生的種種問題。我在書裡指出：即使香港人自己來說香港，也不見得說得清楚。怎樣說不同的故事，顯示了怎樣不同的立場吧了。

每個人都有自己的故事。每個人都有自己的名單。政客請客的名單、商人推銷的名單、十大金曲、四朵金花、五個相撲的少年、十大藝術家。明白這些名單是怎樣列出來的就好了。

一九九七年七月廿七日，原刊《明報》

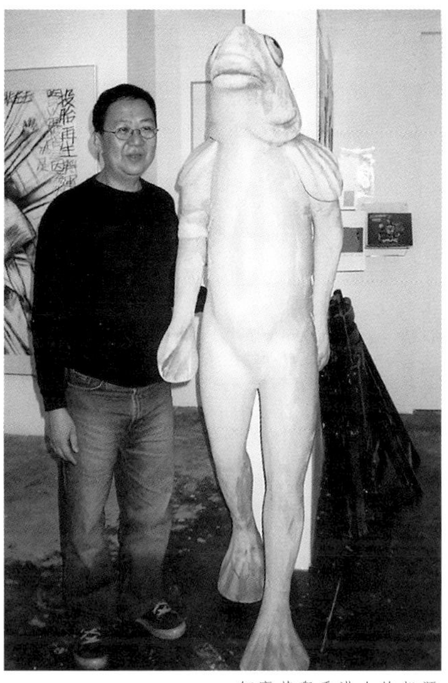

何慶基與香港人的起源

訪港的韓國教授朴宰雨

池上貞子教授拍攝域多利監獄舊址

翻譯家及畫家賴恬昌

法國文學譯者蔡惠廷

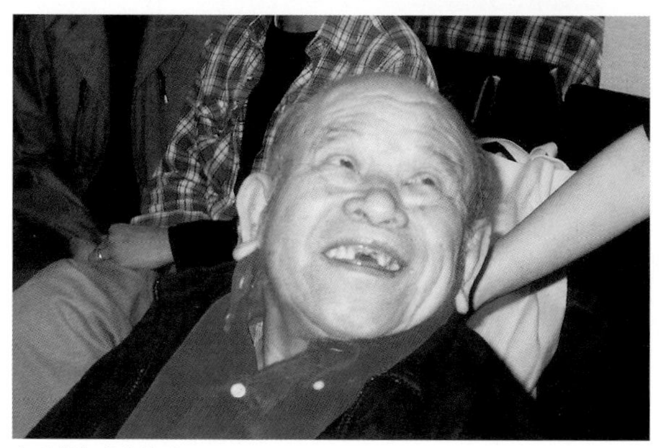

街頭藝術家曾灶財

也斯攝影：人物系列

從西邊街走回去

走下西邊街，這不知走過多少次的街道。也許因為太熟悉，你往往沒有細看那些建築物。如果不是有人指出，你大概也不會細想：房子也有它們的歷史。街口一幢空屋，過去原是一個英國人的宅第，後來為一個華人的船運家族擁有，拆卸改建成現在的樣子。如果從空中俯瞰，還可以看見一個船錨的形狀哩。換一個角度，事物變成陌生，教人好好地重新細看熟悉的一切。沿路走過去，看看這教堂、這學校……這社區中心，過去是贊育醫院的舊址。在熱鬧的街道兩旁，店舖旁邊，還留下兩個入口，通往地下公廁。從這條傾斜的街道走下來，你逐漸發覺，那裡充滿了符號，叫你去讀這百年來歷史中所包含的種種隱秘：那些空置的舊屋中的幽靈，那些藏匿在磚瓦間的歷史遊魂。從一個過去是外國人聚居的地方、精英的學府和教堂那兒走下來，經過醫院、教堂，走下一個當年本地人聚居的地方。這兒有過簡陋的民居、貧乏的衛生設備、繁華的煙花地，有過死人無數的瘟疫。在這一個陽光溫暖的早晨，這一切彷彿都被埋進一個不通風的地下空間了，只留下那不顯眼的入口、通往過去的魔幻之門。

縈繞的香煙和拜祭的人群，也提醒你歷史的存在。今天是土地誕。這一段街道四個角落豎起旗旛，標示土地的範圍。現代化的酒樓旁邊，小小的常豐里上，善男信女絡繹不絕，祭壇在斜路中段，多年香火薰黑的外殼又再髹上新的紅漆，接受人們上香叩拜，保祐人們如意吉祥、身體健康。後面新建的高樓迎

也斯攝影：都市系列

天拔起，也不容易改變這小巷的面貌。對土地的拜祭一直流傳下來，經過歷史的轉折、疫病的生死、商貿的衰旺。還是有一個老婦人虔誠地叩拜，手裡拿着香，口中唸唸有辭，不知在祈求什麼。旁邊是搭起的戲棚，明晚大概要在這裡演戲。

在餘樂里和匯安里那兒，還可以看到少數古老房子。陳舊的木樓梯，不知要通往黯深的哪兒。從旁邊看，可以看見很深的一面磚牆的側面，沒有窗子，那裡面的生活不知是怎樣的？當年瘟疫過後，這兒拆去大部分房子，據說是因為衞生設備不足，藏了鼠疫的根源。仍然留下來的，大都在世紀初建成，現在也陳舊了，門前窗椽放滿盆栽植物，陽光漏下來，小巷裡有說不出的幽靜，彷彿不知外面的人世已經歷了多少個寒暑。

在太平山街那邊，街旁的大牌檔那兒，人們正在吃早餐。大半邊街道圍起來，準備修路。路牌也跌落下來，擱在旁邊。這兒附近有不少傢俬舖，專門做酸枝傢俬。這是一條住宅區的小路，誰想到當年的慘況呢？廟裡擺滿了各種各樣的神像：濟公、關公、黃大仙、綏靖伯。綏靖伯據説是驅疫的功臣。百姓祠裡供着各姓的牌位，有些新添了紅紙和金箔，有些薰黑一片，已經沒法辨認上面的字體了。你沒法想像這廟裡停滿了屍體的日子；你後來才知道，原來這裡是東華醫院的舊址，因為應付不過來那麼多疫症，然後才在墳墓街那邊擴建新的醫院。現在街名已經改過來了。帶着仁心仁術的想望，醫院擴建和合併，已經有好一段日子，門前堆滿籌款的鐵箱，在對面又正在建築的是一幢新廈。但走進醫院，在嵌滿善長姓名和照片、刻滿對聯和賀詞的大堂那兒，在當中的地方，你還會發現一幅神農氏的繪像。這兒原是中醫的醫院，後來為了適應社會的需要，疫症的複雜，才又增添了西醫。今日的照片和文字底下，隱約仍可見到昔日的面相。

你會不會記得，文武廟那兒，過去原是訴訟和裁決的地方，是華人社會的一個中心點？從荷里活道走過去那邊一帶，愈來愈多新式的建築物了。文武廟變成遊客的觀光區，我看見一個外國人進來求籤，並且買了一本用英文解籤的硬皮書。年青一代走進來，看見後面的神像，燃點的香火，立即想到無數港產片中的武打背景、擺出不同的招式來。大家漸漸忘記了：走這一段路，從這些街道和房子那兒，本來是可以知道多一點歷史的。

一九八九年二月，原刊《越界書簡》

也斯攝影：物語系列

蔡孑民先生墓前

他們找不到豐碑巨碣就失望了
奇怪老有人想把你吵醒
搬離偏僻的香港仔，回到
更顯赫的中心
　　　　　　曾經在鐵屋裡
喚醒睡死的人
　　　　　　擲石盪起漣漪
至今未嘗止息
那是北京五月一個普通的星期天
一個涼爽、颳風的日子
　　　　　　　　　　一代人
站在新舊中國的交界處
曾經相信
　　　　兼容巉巖和野草
逐步緩緩改變
　　　　　　眾人的視野
你在追求文明的風景

盪起的漣漪

也擴展至這務漁的小島

如今架起新的天橋

有來往喧鬧的車聲

總是問如何整飭學風

延聘敦厚的專才

如何周旋於

激昂與懦怯之間

如何在澆薄的人間

推廣美的教育？

在災難的歲月輾轉進退

你一定煞費思量

最後病倒了

南來養病

後來你看不見更大的火災了

那些焚掉的書本

荒廢的校園

敗壞了的一排排喬木

不是你心中豁達的景緻

你有理由

留在這裡

正如你留在

任何一個地方

靜看一朵雲飄進來

飄出去

你已經成為我們的一部分

我不必誇張舉殯的熱鬧與墓前的冷清

讓我們不要在風景裡尋找牽強的比喻

不要從一個高昂的角度鄙視島嶼的邊緣

實事求是地看待鋪地的落葉吧

這裡畢竟是你多年休憩的地方

我們獻上花

如果有一天

你找到一塊

更寬敞

更包容的

樂土

更文明的

寧靜而強毅的園林

我樂於目送你歸去

祝福你

祝福我們

一九九四年，原刊《游離的詩》

在地下車讀詩

灰灰的外衣。織針一上一下。渴睡的臉孔。早晨的百葉簾還未拉開。一個人坐在那裡，不自覺地向另一個人滑過去，彼此連忙各自移開。拉上的百葉簾拉得更緊。座位間留下比剛才更闊的空間。車在太子站停下，一下子湧上來滿車的人，把空間都填滿了。我又低下頭，準備手上的英詩。七時三十分的葉慈或艾略特或奧登，不見得比毛衣或早報或商業英語更加荒謬。一個年輕的學生，在對面努力記憶手上的英文筆記。同樣是打字的白紙罷了。同樣的時時分心，讓眼前的世界湧進紙上的世界。人群中這些臉孔的魅影：潮濕黝黑樹幹上的花瓣。有了地下鐵路，香港學生會對龐德（E. Pound）的地下鐵路車站感受深一點嗎？城市是轉變了。站在月台的這一邊，隔着陷下去的軌道，眼睛瞪着對面一張大大的廣告。我們走了很長的路來到這裡。美國香煙廣告企圖左右你的看法，說服你照它的意思做才是一個獨立女性。我離開的時候還沒有地下鐵路，也還沒有許多其他東西。所以你一回來就着涼了，敢情你忘了這城市冬天的氣溫。地下車隆隆駛近來，又隆隆駛開去。在黑暗中隱沒。總有一些灰暗的，黏滯的東西，逐漸圍攏過來，環繞在事物周圍，令事情失去光彩。我擠在地下車的人群裡，留意看一個空着的扶手如何努力隱藏它的顫慄。我望出窗外，看見許多煩躁的臉孔。我坐在等候“釣泥蜢”的計程車裡，忍受着早晨節目主持人對人生和愛情一些定型的見解。人生就是這樣了。一些混濁的煙霧，逐漸圍攏過來。黃昏攤開朝着天空，好似病人麻醉在手術桌上。但也許講艾略特也是不夠的。我們這一代一開始就接受了艾略特對城市的看法，然後愈長大就愈離開他，希望有一個更廣大更澄明的世界。那些潮濕的靈魂，沮喪地發芽。應該還有別的什麼才好。我們對面的年輕的靈魂，不要再沮喪地發芽吧！他們生長在不同的背景之中，有自己的生命，需要找出自己的看法。我寧願講聶魯達，在課程裡偷偷插上孩子的腳。我寧願講里爾克。讀了葉慈的麗達與天鵝也來比較讀讀里爾克的麗達吧，那不是關於暴力，那是關於愛的。來讀讀奧登吧，看他怎樣寫過澳門和香港，寫過一個中國的士兵變成泥土，為了叫有山，有水，有房子的地方也可以有人。奧登也寫過香港？你一定很奇怪了吧？你一定以為，英詩就是一些陌生、遙遠，毫無關連又必須苦苦背誦的東西？糾纏在過去中六的考試課程、種種關於詩體和節拍和押韻的規則、讀音和生字中，只有朦朦朧朧的了解、老師抄下的模範答案。本來有生命的英詩，不是很容易也變成資料？變成生硬的、破碎的，與現實無關的東西？車在太子站停下，一下子湧上來滿車的人。我們擠在人群裡，談到對一首詩的解釋，四周默默垂首的人，也進入我們所說的詩句之間了。當你在課堂裡說到佛洛斯特的樹，你的手無意中就會指到窗外實在生長在那裡的一列綠樹。當他說到一首詩是關於年輕人、成長和期望的，他無疑會想起坐在他面前那些人的年齡和各自的環境，也會想到他們的將來吧。我又低下頭，準備手上的詩。那首詩是關於一個正在戀愛的女子。她感到自己透明如水晶的深處，黝深、靜默。她問：生命要伸往何處，黑夜要從何處開始？我可以逐漸感到某種安靜、溫柔

也斯攝影：櫥窗系列

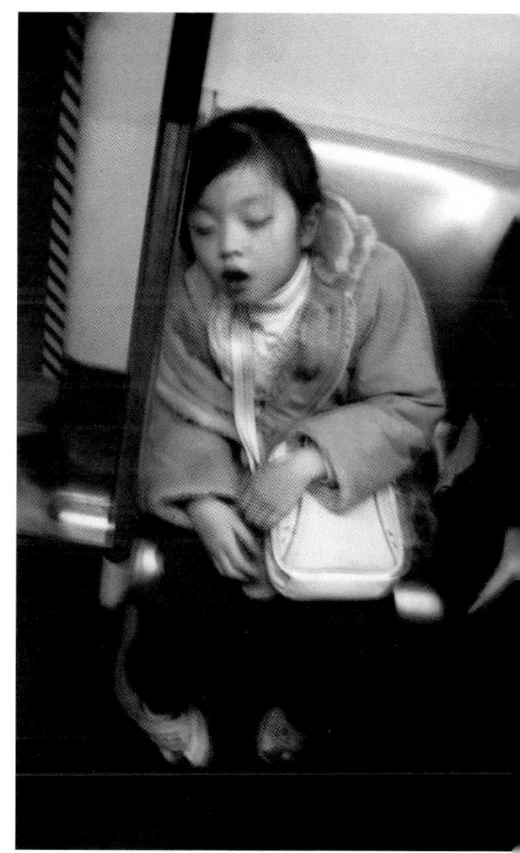

也斯攝影：都市系列

的質素。在隆隆的地下車的節奏中，另外開始了一種新的節奏。我們在有花的路上行走，我們走上斜坡，我們開始一日的工作。白日逐漸成形。有時走過看見太陽從灰雲後出來，滿天散佈雲絮，巨大的天橋投下斑駁的影子在人家牆上。乍暖還寒的日子，我們一起來看印象派的繪畫和斯提芬斯的詩。那些薔薇色的巧格力和穿上小丑彩衣的海洋。那些童真的眼光。撥開雲霧，用新的眼光看這個世界。不過雲霧會一次又一次圍攏過來。斯提芬斯也知道的，所以他說他那些成群的鴿兒，在黃昏時，一邊沉下一邊畫出曖昧的波紋，墜向黑暗，但卻伸展着翅膀。不，現在還不是黃昏，是一天的開始，像剛說的那樣。我坐在雙層巴士上，經過公園，突然瞥見從來沒留意過的一角風景。我坐在小巴上，旁邊一個瘦小男子不斷向膠袋嘔吐。他在怡東附近的油站下車，向前走，小巴趕上他身旁，司機問遺在椅上的膠袋可是他的？他慌張地搖頭，鄉音令人想到他是新來的移民；他加快腳步，瘦小的個子消失在前面的人潮中。我在小巴上準備史蒂文森，並不特別感到荒謬。因為詩本來也包括各種各類的人，那些懷抱中的小孩、自閉的女子、那些傷殘和孤獨的人、充滿了孤僻或懷了恨意的人，我們不都在里爾克的詩中見過？而詩，比如里爾克的詩，本來就可以是包容一切、撫慰一切、承托一切的一隻手掌。如果我們沒法把這些說出來，那是我們還不夠深厚吧了，並不是說詩是可笑的。當然了，關於詩，也有那些狹隘的話，又像煙塵一樣圍攏過來。說詩該有怎樣的格式，該有怎樣的規則，又想把每人的自然節奏，壓扁成劃一的節奏。大概是地下車這樣隆隆的劃一的聲音吧。奇怪，為什麼總有些灰暗的、黏滯的東西。早晨電台裡那些人生金句，彩色周刊裡瑣瑣碎碎的冷言冷語。車在太子站停下，一下子湧上來滿車的人。地下車裡每個人垂下頭，拉上自己的百葉簾。我有點喪氣，但我正在準備的真是一首好詩。我慢慢地看，感到裡面的那種溫柔，那種又是放開又是緊抱的感覺，感到心胸那麼廣大，可以連星星也包容在內的感覺。看一首詩總是需要緩慢地仔細地反覆地看，然後你逐漸感到開朗一點、舒暢一點，好像在沒有空間的地方開闢了一個空間。看到一首好詩我總會認得的。你（我為什麼不可以把任何一個他稱作你呢）這個坐在對面努力記憶手中的英文筆記的年輕學生，你看我手中的白紙一眼，你是覺得紙上朦朧的字體是斑駁的投影，曖昧的波紋？呵，不是，你茫然地朝前看，只是為了背誦，想把紙上的東西記牢，回去考試的時候說得出來。我也是想捉住什麼，剛才讀到想到的那一種輕柔的感覺，我想讓它留得長久一點，直至回到課室，慢慢地，儘管有點笨拙地，把它說出來，告訴其他人。

一九八五年一月底，原刊《文藝》

也斯攝影：新界系列

與葛拉軾遊新界

一、手

當葛拉軾（Günter Grass）從人叢中走過來，他看來跟任何一個普通人沒有兩樣。他穿一件深褐色的燈芯絨上衣，個子壯碩而不高大，上唇留着髯髭。是的，當我們看一個人，不是往往最先留意他的面貌和衣着？而這些東西，卻又告訴了我們那麼少。然後他伸出手來，他的握手堅定有力。那是一雙石匠和雕刻家的手，那也是寫出了六本小說和其他詩及戲劇作品的手。他的手並不過分柔軟、並不冒汗或退縮，他的手也不過分強硬、粗暴或侵略性。在路上，他的手用來捲煙，從膠袋中取出煙絲捲成紙煙，他吸了一根又一根，這是他的手藝。當他談話時，他的手用來具體顯示他所說的事物的大小和形狀。他的手沒有閑置，他的手沒有緊握拳頭舉起呼喊口號。他喜歡手造的事物，他希望看見農夫和工人，那些用手工作的人，跟他們談話。他買了一個藤篋。他不喜歡機器，他說自己不會駕車，不懂操作一具攝影機（他太太負責拍照）。他說沒興趣拍電影，因為機器太麻煩了。他說自己是個老派的人，只是寫小說。他的手用以創作和煮食。去年他剛寫完一本七百頁的小說。去年他五十歲生日，煮了一頓供幾十人吃的大餐。他臨走那天，我剛好碰見他，他帶着一根木頭，說是帶回去給他女兒雕刻。他女兒喜歡木雕，他說：“她喜歡用手造東西，就像父親一樣。”說着，他張開兩手。他一定是以徒手創造事物為榮的人。

二、食物

我們走過沙田的街市，他對沿街擺賣的東西，那些蔬菜和食物，感到興趣。他真的喜歡走在這些早晨買菜的人們之間，他想知道這些人住在哪兒。那些綠色和棕色的腌菜、鮮紅色的魚肉、灰色的鵪鶉，他自然地在其中走過，不是漠不關心，也不是遊客的過分好奇。偶然他在那些巨大的灰螺前停下來，有時他想知道那正在游泳的是鹹水魚還是淡水魚，他說自己也常吃某種蔬菜。一個熟悉和喜愛市場的人！這給予我一種親切的感覺。在走回去的路上，他告訴我說他喜歡市場，因為那兒是食物的總匯，一個社會裡人們的生活，具體表現在人們所吃的東西上面。他說在他的新小說《比目魚》裡，就是以食物的沿革，寫出整個歐洲歷史的演進。他認為歷史上馬鈴薯之發現，較諸普魯士佛特力大帝的功績還要重要得多，如果沒有馬鈴薯，工業革命和平民階級的興起根本就不可能。《比目魚》開始於石器時代直至現在，把神話與詩、政治與抒情混合在一起，經由一尾年老智慧的比目魚，表達出來。《比目魚》共有九章，每一章獻給一位廚師。他喜歡寫食物，一方面因為他自己喜歡吃，另一方面，則是他認為食物是最根本的東西，最能反映人們根本的生活狀態，人們習慣吃什麼和不吃什麼，反映了社會、政治和宗教的影響。我問他可有什麼不吃的？他想了想，說沒有什麼不吃。我想他正該是個沒有什麼不吃的人。當然，他笑着補充一句：剛才看見的那些千年蛋（皮蛋）我還未試過，不敢肯定。我向他保證它們並非放了千年，而且確是可口，尤其與酸薑同食。在粉嶺的時候，我們看見路旁售賣的鹵水雞腳，一個同行的外國人說他最害怕這些東西，我說並沒有什麼可怕，葛拉軾聳聳肩說：“為什麼不可以吃呢？”對，為什麼不可以吃呢？葛拉軾咀嚼一切，他的洋洋巨著裡，嚐遍甜酸苦辣，打破一切政治和性愛的禁忌，表達人生經驗的全體。

吃飯的時候，我們坐在深井小店露天的枱旁，在工人之間，葛拉軾看來悠然自得。他成功地運用筷子，夾了一塊燒鴨。他認為它們十分美味。他說他可以煮美味的菜，他拿手的菜是蒜茸羊腿、牛肚、扁豆、馬鈴薯湯、魚湯……他說到近月與他的譯者開會，討論翻譯他新著的疑難，一連幾個星期，到了最後那一次，他自己下廚，煮了一頓美味的食物給譯者吃，因為他說開會那兒的伙食太糟。而且，他說，要他們譯這麼一本老談食物的書，光是譯沒得吃，太不公平呀。他是一個會想到別人的腸胃的人。他對一些政治教條存疑是因為它們引不起他的胃口。他不相信口頭上的宣傳，要用自己的舌頭分辨味道。他在羅馬尼亞旅行時，去到一所飯店中，那兒本有許多平民在吃飯，但因為官方款待他們，把人都趕走了，又額外鋪上桌布。這反而教他食不下咽。進食這樣簡單平常的事，不又是正如他所說，見出了許多問題？

三、孩子

葛拉軾喜歡孩子。在粉嶺，我們在樹間前行，他太太與旁邊的一隊小學生招呼微笑。在我沒遇到他以前，從書本的印象所得，他是一個尖銳的社會批評家。他的作品充滿嘲諷。但葛拉軾本人，卻善良而且為人着想。他一方面好像並不固執，隨便到哪裡逛逛都可以，因為他的興趣實在是這麼廣泛，看什麼都可以接受；但另一方面，一旦決定了什麼，他其實又十分堅持。比如在港時他堅持拒絕了一些他認為沒有意義的邀請。他對那些老朽而迂腐的事物充滿批評，但對新生的事物則充滿善意。他談社會民主黨的政見，他說

也斯攝影：人物系列

對政治的看法，另一方面他又順從他太太敏感的指頭，望向路旁一株紅棉末梢的顏色，或者沙田附近半山墳上一環紫花。他喜歡生長的東西。在粉嶺的時候，我們站在一所學校外面，看孩子們嬉戲。那裡原是一所廟宇，現在改成學堂，裡面的教師善意地與我們招呼，我們便走進去看看了。在廟裡面，佛像仍在那裡，但在祭壇的前面，現在放了一張乒乓球桌，孩子們正在打球。兩翼闢為課室，傳來孩子們的聲音。在頭上，鳥兒飛來飛去，而在當中，昔日人們焚香拜佛的地方，現在兩個白衣的小孩，正在興高采烈地把球搓來搓去，暗金色的佛像在後面默默看着，有了這麼熱鬧的孩子們，祂一定不再寂寞了。我們站在那兒，看着這奇異的混合。葛拉軾笑得很開心，他說："菩薩一定從未試過像現在這樣有這麼多樂趣。"在外面，白衣藍褲的男孩在踢球，女孩在踢毽，滿地陽光，葛拉軾開心地在他們之間緩緩走過。

也斯攝影：太平清醮

他與前妻安娜有五個兒女，現在這妻子原有自己的兒女，都住在一起，他說喜歡大家庭，熱熱鬧鬧。他上一本小說《蝸牛的日記》寫來就是回答孩子提出的問題，解釋自己的政治信念：為什麼在一九六九年協助社會民主黨競選，在助選的過程中又見到什麼。那語氣是一種溫和幽默的語氣，好像父親跟四個兒女談話——不是絕對權威，相反，是提出懷疑。這書中一個虛構人物，就是叫做"懷疑"。他說最喜歡的花朵，就是淡灰色的懷疑主義。他顯然不以為自己是權威，也無意叫孩子們走他的路。他告訴我說，他的大兒子二十歲，最近才第一次看他的小說（因為他的女朋友整天在說），看完以後，很奇怪地說："怎麼，爸爸，你的小說倒寫得不壞呀！"

他的另一本小說《局部麻醉》直接寫兩代的衝突，以現代柏林為背景，寫一個激進學生想燒死自己的愛犬以抗議越戰；而他的一個老師，一直覺得這是自己最有才華的學生，希望勸服他用溫和的改進代替激烈的革命。兩代看法的不同，也是葛拉軾自己面臨的問題。《局部麻醉》出版後，許多原來擁護他的青年批評他，極左派更攻擊他。葛拉軾說："他們要求的是神、是英雄，我寫的是人。"也許因為他們要求教條式答案，而他則提出疑問吧。孩子們的可愛是他們的生機，還未僵化的能力。所以葛拉軾在《蝸牛的日記》裡向他的孩子們說："我不相信那些宣稱為了人類的利益而要把香蕉拗直的人。"

四、緩慢

他喜歡的都是一些樸實基本的東西，例如燈芯絨（褐色上衣、深綠色褲子）、藤器（"我一直想買一個這樣的篋！你說它可以盛得起重物嗎？"）、木、煙草、扁豆、魚……不是浪費而奢侈的，亦不粗陋。平凡，但有品味。葛拉軾樣子樸實，像一個農夫或者石匠（事實上，早年他當過石匠），他並不特別敏感。有時他低下頭，正在那兒捲煙，好像沒有留意別人說話，過了一會，經過另一處，他會說："這就是那個把沙田弄得那麼糟糕的賽馬會？"你發覺原來他也聽到別人偶然說的話。他並不特別表示他在觀察，但他有觀察力，他不在口頭上表示討好，但他對人有溫和而長遠的善意。

他一定是喜歡慢慢踱步，欣賞事物，緩緩咀嚼。所以他在書中讚美蝸牛，因為蝸牛向前移進，但不急於抵達固定地點。有前進又有後退，因為有懷疑，所以不自以為是。他喜歡灰色，比目魚是灰色的，懷疑是灰色的。在過去，他懷疑納粹的獨裁，在今日，他又懷疑極左派的教條。他相信改革和進步，但不相信一步登天。所以他像一尾比目魚，貼着海底緩緩前進。他書中的比目魚，由古代游到今日，把牠的見識告訴世人，不管那捕到牠的，是石器時代的漁夫，抑或柏林的婦解分子。

他一定是相當緩慢地工作。他第一本小說《錫鼓》寫了五年。當時他在巴黎，做散工維持生活，收入很少（"有時回德國在人家這裡那裡的團體裡誦詩賺錢，好像遊俠一樣！”），但他繼續寫了五年。當時他有些朋友，也愛好文藝，決定先進政府部門工作，賺夠了錢，再來寫小說。結果，葛拉軾說，他們今日（二十年後）還在那兒，收入愈來愈多，還在談那本沒有寫的小說。（而沒有寫的小說總是最好的！）葛拉軾不談，他寫。他不走捷徑，他一步一步走。他是寓言故事“龜兔賽跑”裡的烏龜，一步一步走到他想去的地方。他最新的小說《比目魚》也寫了五年。他說：“你知道嗎？我覺得長篇小說最困難的地方是如何尋找一個開放的形式，因為寫了幾年下來，小說的想法會逐漸改變。”他贊成修改，最近有個德國導演要拍《錫鼓》，他說如果由他來編劇，他多半會全部重改一遍。

寫小說是大工程，雕刻也是，所以他在寫小說時不雕刻，畫畫倒是有的。他緩緩工作，修改，迂迴前進。他不輕巧，他是沉重的（書本和體重都一樣）。他不跳躍，他踏步。他貼近地面，像蝸牛和比目魚，感覺周圍的事情，與草蜢發生感情，向石頭提出抗議。他相信緩緩前進，感受一切。有些事情在匆忙中就遺漏了。他在書本中勸告我們，不要像貓兒一般匆匆做愛。

五、香港

汽車在新界的路上，駛上大帽山，駛下荃灣，向青山去。窗外是熟悉的風景，我曾在附近教書，有朋友住在不遠，我來過這裡散步和游泳。但要向一個外國人談到香港往往是困難的，我喜愛香港許多地方和人物，但也有許多事物並非我們願意看見它們變成那樣子。我們很難像其他國家的人那樣驕傲地介紹自己的名勝。另一方面也不能置身事外冷嘲熱諷。香港的處境如此

也斯攝影：都市系列

也斯攝影：都市系列

微妙，一個偶然經過的外國人可以了解嗎？我懷疑。所以每次有遊客說香港美麗，我懷疑他們是否只是客氣；有人說香港可怕，我又不知道他們真能了解多少。經過文化的隔膜，語言的誤會，我們可以向一個外國人解釋這類複雜的心理嗎？往往我們寧願沉默了。

但葛拉軾不是一個普通的外國人，他是能了解事物的作者。一見面，他就告訴我香港有點像他的故鄉丹錫。丹錫在歷史上曾是波蘭和普魯士的屬地，後來開放為自由市，到了一九三九年，才劃入德國版圖。但戰後一九四五年開始則重歸波蘭，直到如今。所以在丹錫長大的葛拉軾，亦能了解香港的處境。你看，他不是隨口稱讚香港美麗，不是像一些遊客那樣一邊挑剔一邊掩鼻走過。他在人群間行走，觀看，而他像小說所說的那樣：尋覓歷史的源頭，作為今日的參考，從並列比較中得出解釋。對他不熟悉的事物，他以對熟悉事物的理解嘗試去了解它。在鹿頸和沙頭角附近，我們遙望田畝和農舍，說到現在新界許多年輕人都離鄉到城市或外國去，只留下年老一代。他說：“但這在德國也是一樣呀！”翌日在“作家與社會責任”的座談會上，當有人說到香港作者面臨的困難和阻礙時，他又會嘗試說出自己所認識的人的經驗，表示這些現象並不孤立，是到處都會存在的，是值得正視的問題。

在未遇見葛拉軾以前，我印象中他是個尖銳而又對社會現象加以嚴厲批評的作者，相信他想要了解多一點香港，所以我連夜翻查資料，借了友人的手冊，又再背誦一些統計數字。直至遇見葛拉軾，我才發覺他沒有一次問起任何統計數字。然後我忽然明白了，他是那種關心人多於關心數字、相信自己的觀察多於相信宣傳資料的人。他會問人的感覺、意見，自己去接觸、思考，然後再想自己的結論。有些人遇見一個工人，就問："他每個月收入多少？租金多少？他有沒有加入工會？有多少兒女？"然後就可以大做文章了。葛拉軾看見店子裡的人在擔子兩端挑着沉重的光鴨走過，他說：唔，這真是蠻重的，大概有多重多重吧。他只是觀看，嘗試了解，憑自己的肩膀感覺別人肩膀上的重量。許多時他甚至不急於下結論。他不以為他在這麼短的時間內就了解香港，他希望有機會再來。

但他又似乎比許多在香港的外國人更能了解多一點。當日在座談會上，有一個外國人說：香港是一個殖民地，在一九七八年還有殖民地存在是一件荒謬的事，希望葛拉軾先生指示一條路，讓香港作者可以遵循，改變這事實云云。提出這問題的人，漠視實際情況。如果問每個人的意見，相信沒有人樂於生活在殖民地的制度之下。但要改變，和怎樣方式的改變，顯然不該由外國人來決定，尤其不是要由一位來了香港才不過幾天的外國作者來指示的吧？葛拉軾就明理得多，不會這樣發表教條式的指示。還有幾個問題，卻是中國聽眾提出的，其一是提議活用地方性的言語，例如要求香港作者開會研究如何混入粵語在文字中成為更生動的文字；有人認為文學社會性不夠；又一位女孩子發言，嘲諷地說："如果我要讀香港的文學，又有什麼書好看呢？"提出這幾個問題的，是華人而不是外國人，更使人分外感到惋惜，覺得香港人對香港自己的東西知道得不夠，作者與讀者之間的隔膜和誤解也實在太大了。

如果我是那幾位提問的聽眾，一定不敢如此理直氣壯。因為我知道五〇年代以來，香港一直都有不同方式表現社會面貌的文學作品，一直都有人嘗試把粵語鍛煉，而且即使香港文學充滿缺點，缺乏關心，沒有出版商出版，

也斯攝影：櫥窗系列

但前輩作者結集還是有的。說："又有什麼書好看？"未免太輕率了。指出在香港寫作的困難的作者，他們目的不在訴苦，而在指出實況，並無意逃避。香港的作者在不利的情況下，如果他們相信文字，還是會繼續創作的。對於香港作品，可以批評好壞，但如果根本不知道，還要嘲諷它，未免過分。香港人也應該更好地正視自己居住的地方、周圍的人物、這兒所生長出來的事物了。過去的自卑、封閉、小器、排斥、推諉的風氣也應該改變了吧。希望葛拉軾的出現，他座談會上引起的問題，使我們反省，正視它。最後，葛拉軾在私下和在會上都表示：香港是一個困難也是有趣的地方，希望將來會有人以這地方為題材寫出好的作品來。葛拉軾說香港像丹錫，我們當然不會忘記，葛拉軾正是以丹錫為背景，寫下頭三本小說《錫鼓》、《貓與老鼠》、《犬年》，合稱"丹錫三部曲"。在這些充滿侏儒、如鼠的喉核、稻草人和犬群的怪誕的傳奇底下，葛拉軾一次又一次地重述納粹時期的悲劇，提醒人不要忘記歷史的教訓。這些小說將會流傳下去，叫人反覆閱讀、獲得警惕的。

一九七八年四月，原刊《街巷人物》

與台灣作家漫步元朗舊墟

教寫作課，常想帶同學到附近的鄉鎮走走，認識一下所在的地方，了解自然生態、文化歷史。

一直想請台灣作家劉克襄來跟嶺南大學同學走遍新界的山水。克襄喜歡旅行，喜歡爬山，對各種植物都有興趣。我跟他一起去敦煌，看到沿途的綠葉，他特別高興。他懂得很多，說得出它們的名字，有時採來一片野葉子，讓我們嚐嚐，說：“這是可以吃的，味道帶點甘甜呢！”

從植物知識帶來思考

他到香港來，每天爬一座山！周末詩會那天，他早上去大嶼山，遇上風雨，爬了半天的山，從梅窩走到東涌，什麼也沒吃，就沿路吃了三十多顆山稔。我想到他在山上走路，這邊那邊一塊塊葉子嚐嚐：這是有藥性的；這是可以炒來吃的，唔，這，有點澀。不好了，我們的神農氏一定也曾為他的專業嚐好吃過苦頭吧！

我約他來元朗，不夠時間爬山，建議去元朗舊墟走走。我這退役“行友”，未嘗沒有遺憾。雜務繁多，已經無復當年勇了。而且眼見青山元朗的美景，屢屢遭受人為破壞，只見到處垃圾和破車；到處都是貨櫃，是對地方沒有規劃沒有關愛的惡果。很想追尋過去至今的線索，理解民生發展的轉折錯綜。既然有朋自遠方來，便也一起走一段路吧！

從元朗西鐵站出來，跨過天橋，往前走，不久便轉進舊墟。舊墟已有二、三百年歷史，據説在清代最興旺，因為以前能連接后海灣，商人貿易來往，十分方便，商業茂盛也令這地方生氣蓬勃、民生富足，現在可差得遠了。雖然還有人居住，但丟空頹倒的房子也不少。一爿製麵工場，旁邊新房子電視機光影晃盪間似有人聲，但隔過不遠，就是一所丟空老屋，只剩骨架，窗户也沒有了，看進去黑洞洞一片。天靈蓋歪歪斜斜，好像隨時會“唉”一聲倒下來那樣！

庇護海事的天后和遠道而來的北帝還棲身在各自變得狹小的老廟裡。過去商號都結業了，小巷關門的老舖原是大押，還可見石上店名痕跡，蝙蝠形狀的招牌丟在鐵絲網內雜物中。另一道小巷，正有工人把一所老房子整幢拆掉，廢木和磚石堆了一地，還挖出一股酸餿發霉氣味，叫人掩鼻走過。

淡出喧鬧滿眼綠意

舊墟怕沒有給予朋友太大興味，不過他對植物的知識倒帶給我們很多思考。過去家庭種什麼東西，往往跟食用和醫療有關，都跟生活密切相關，不僅是裝飾性的。看到門前一盆芙蓉，友人説這若在昔日多有兩盆分置左右，有迎喜納福之意，這些禮俗亦漸荒廢了。我們走過看到老房子簷上雕花、頹牆之間偶有古老優雅老牆舊匾，克襄提到若在台灣就會把舊村的民俗歷史作更好的維修保存。我想到近日與詩人馬若去看修葺整理過的大夫第，做得還不錯，但我想我們是不是起步太晚，做得又還不夠呢？

走出舊墟，很想知是否仍能走到舊日的水邊，便繼續沿公路前行，逐漸城市的喧鬧淡出，草木的綠意盈溢眼前，更多草木令友人的綠指頭雀躍。離開了令人在它包圍下窒息的蔓澤蘭，到處都有粗生的雞屎藤，路旁的野莧菜，可以食用又帶有某種健康調節的功能。蓖麻子令台灣朋友想起日治時代逼平民榨作軍用飛機潤滑油，樹藤呢，我們香港吃的都是塊莖，我當然記得小時在鄉下吃用水調煮的薯粉羹，説來台灣朋友也知道。我們叫大紅花他們叫扶桑花，但都是相同相類的種，先民帶着民生的智慧栽種，這種智慧又逐漸為今人忽略遺忘。

路標指向南生圍。南生圍是上世紀五、六〇年代電影取景的寵兒，往往是男女主角郊遊談戀愛的勝地。近年一直説地產商的無情發展，要把南生圍夷為平地、變成歷史名詞。我很高興看到未如想像糟糕。沿途漫步，還可略窺南生圍的生態和風景：一排排的百千層、一片原野和已荒廢的小渡頭。看木板搭建的吊腳樓，看南生圍沿水的村屋，大樹蔭下陣陣涼風送爽，魚塘裡鴨爸爸帶一群小鴨游過，白色鷺鷥飛起，我們的視線才又觸及遠方拔起的高樓。去到農舍門前，看見一叢叢貓鬚草，真跟貓鬚有幾分相似，想到前人改名的想像力。眼前的路卻堵塞了，通不到更寬闊的河川。廢棄工場的器具、荒長的雜草、不知怎的規劃出來的駕駛學校，擋住了原本通往水邊的路。

二〇〇九年九月七日，原刊《星島日報》

踏上義工成長路
個人社會同進步
互動
Act now
互助
Help others
互愛
Show you care
Lower Albert Road
下亞厘畢道

也斯攝影：都市系列

現代小説家劉以鬯先生

一

一九六二年，我在香港《星島晚報》上讀到劉以鬯先生的連載小説《酒徒》，當時我是中學二年級的學生，之前從家裡的舊書堆裡閱讀了舊俄小説、五四的名家，也從雜誌上朦朧地接觸現代文化，翻閱家中訂閱的晚報，半帶好奇半為求知，不想卻讀到一新耳目的小説。《酒徒》後來被人譽為"中國第一本意識流小説"，對我個人而言，更難得的是它是第一本反省香港處

也斯攝影：人物系列

境的現代小說，讓我們看到現代小說的技巧和反思精神，可以轉化為對香港現實的感慨；同時它又是一本幫助我們重讀五四傳統的作品。雖然當時香港舊書店中可以買到不少五四以來的作品，亦有人從事新文學的研究，但能夠獨具慧眼、不勢利地對過去被忽略了的優秀短篇小說重新評估的，也只有《酒徒》中的那些段落了。事隔多年，當年被抹煞的小說現在得到普遍承認，可見《酒徒》除了本身是優秀作品外，更流露了卓越不群的文學見識。

許多年來，劉以鬯先生一直是我心目中的現代小說家。這"現代性"不僅來自作品，也來自他生活的態度。我七○年開始在《快報》寫專欄，跟編者並不認識，第一次去領稿費還要被會計部的人認為年紀太小，不相信是我寫的而不願發稿費。這樣寫了幾個月，然後有一次去領稿費的時候才碰上了，起先我還不知同電梯的這位穿夏裝白皮鞋的就是我心儀的小說家。他坐下來說話，一邊用漿糊黏起稿紙發稿，拆閱來稿和來信，校閱排字房拿過來的大樣，勾出錯誤，一面就天南地北地談文壇掌故。即使日常瑣事，比方來時路上遇見的車禍，他可以三言兩語生動地把它說出來。他對生活有很強烈的好奇心，反應敏捷，而且有難得的幽默感。有時他壓低聲音，說一兩句話挖苦報館的笑話。報館走的當然是商業路線，對副刊編輯也有壓力。每次壓力下來，他就約多幾個通俗欄目，或者把什麼言情的東西抬到報端；壓力稍緩了，他又繼續刊登文藝性的實驗。劉先生是老經驗的編輯，四○年代在國內《掃蕩報》和後來《和平日報》編過副刊，來港後六○年代初在《時報》編的"淺水灣"和後來在《星晚》編的"大會堂"是兩個廣為人知的文藝園地，但我以為他在其間編了廿五年的《快報》副刊更能見到在香港這商業社會容納文藝的苦心，而且作者與作品的質量上恐怕都更可觀。當時在《快報》的副刊上寫稿有很大的自由，從各種文藝評論到小說散文創作都試寫過，報館的壓力也為我們不知地給編者擋去了。不是因為什麼功利的關係，純粹由於編者對文藝的堅持而已。在香港報章編輯和專欄水平普遍低落的九○年代回顧，更覺得七○年代在《快報》寫稿是一種幸運。

二

我常覺得至少有兩類型的作者，一種是寄寓於世俗認可的形象中而巧妙地宣揚於其有利的素質，一種是即使置身稍有爭議性的處境中亦平實面對矛盾不加掩飾。對前者我們會說：對，就像我們聽說過的作家那樣充滿了人家說的優點！對後者我們會說：呵，原來一個小說家可以是這樣的，他為我們重新界定了小說家的可能性。我覺得劉以鬯先生比較接近後者，這亦是我說他的"現代性"所在。劉以鬯在大量生產流行小說維生的時期仍然堅持寫作精緻的短篇創作，在商業的報刊上包容文藝，這都是難度極高、猶如走鋼索的冒險。但他的堅持不是盲目的固執，在那背後有一種聰慧的判別力與視野，一種即使整個世界說是如此也不願盲從附和的自信。這在《酒徒》的文學見識中看得出來，在其他談新文學的論文也看得出來。我很喜歡看他這類文字，編《文林》時曾請他寫豐子愷、編《四季》時請他寫穆時英、編《大拇指》時請他寫端木蕻良，他寫來每一篇都有創見，跟人家的說法都不同。他寫論文也有小說家的筆法，如說《寶馬》未獲《大公報》文藝獎、如談《馬伯樂》續稿、如堅持說社會對作家的責任，每一篇層層寫來，千迴百轉，抽絲剝繭，總反駁了既定的成見，寫出翻案的文章，而那翻案的背後，所有的對文藝透徹見識而來的驕傲與謙虛，也是"現代"的。我在七八年赴美唸書前，曾問劉先生有什麼舊書要找，他提出的書中有臺靜農的小說，後來我在史丹福圖書館借到《建塔者》和《地之子》，影印了寄他。自己也第一次讀到才知道，優秀的學者和書法家原來也是優秀的小說家。等到劉先生的〈臺靜農的短篇小說〉寫出來，小說重印又引起種種反應，我才發覺，不光是我，我們整代人恐怕都受惠於劉先生的"固執"與"堅持"，他孤軍從文學和政治媚俗口味控制的大局下救出了篇篇作品，令我們對於中國現代文學有新的認識。

三

有見識的評論家比小說家更難找。有許多年，劉以鬯先生的小說並未得到應有的評價。即使近在一九七七年三月，我編《大拇指》時去訪問他，把我嚇了一跳，因為他搖搖頭說：“我不過是個流行小說作者罷了！”我過去一直注意到他在雜誌上零星發表而未結集的優秀短篇，一一數出來，他卻表示，不會再寫那樣的小說了。要娛樂自己，寧願寫評論！在香港漠視文藝的環境下，大部分作者的作品都沒法完整結集出版，也沒有評論反應，實在是使人氣餒的。我跟劉先生去聽京戲，記得他有一次說過，京戲的名角在台上唱得好，台下在行的老觀眾自然忍不住叫一聲“好！”在香港從事文藝創作，就有點知音難求的味道了。在沒有鼓勵亦沒有反應的情況下，有時難免教人心灰意冷。

後來情況稍稍有了改變，先是中短篇集《寺內》由台灣幼獅出版，《酒徒》在台灣遠景重出。後來劉先生繼續從事嚴肅小說創作，《陶瓷》、《天堂與地獄》、《一九九七》、《春雨》等創作集陸續出版，繼八○年的《劉以鬯選集》以後，九一年香港三聯書店出版的《劉以鬯卷》，選入的作品更完備，他的作品也引起更多反應了。

讀《劉以鬯卷》，特別感覺到作者自己開拓出來一條獨特的道路。我認識的小說家，是一個喜歡砌模型的人，忘形於塗髹人物、擺設背景，又是收集郵票和陶瓷的專家，懂得現代人的沉迷也能抽身描寫沉迷，喜歡逛街，擅於傾聽市井的俚語、觀察繽紛的衣着與手勢，又能冷眼判斷，時有混雜笑謔的悲憫。我以為劉以鬯是一位真正的“現代”小說家，而這“現代”的意義猶未完全為大眾理解。這現代不在技巧的實驗，而在那種透視現實的精神。從意識流手法的《酒徒》到平行對位並置的《對倒》、從詩小說〈寺內〉到抒情的〈除夕〉到故事新編的〈蛇〉與〈蜘蛛精〉，從沉思的〈春雨〉到實驗性的〈打錯了〉，在技巧創新之外，新鮮的亦是作者的態度：不從抽象的觀念出發，低調地把人物擺放在某種處境中試探他們的限制和可能，以藝術作為一種存在的探索。他的文字特別乾淨，不帶浪漫，不假作溫情，沒有宗教的超越或鄉土的傷感，重新塑造一種現代人的平視和理解。他的作品和論文重寫了中國現代小說的傳統。

一九八五年以來，劉以鬯先生創辦了《香港文學》，以推廣世界華文文學為理想，面對香港目前種種限制進退周旋，仍然希望維護純粹的文藝園地。而在香港報刊近期的文藝篇幅上還不斷讀到他的新作，如刊於《香港文學》的〈黑色裡的白色、白色裡的黑色〉，《文匯報》的〈追魚〉，新創刊的《星島日報．文藝氣象》和《大公報．文學》創刊號，亦有新作〈旅行〉以及〈他的夢和他的夢〉。

原刊台灣《文訊》雜誌一九九二年十月號，
後收入劉以鬯《酒徒》（台灣：金石，一九九三年）

古怪的大榕樹

車子在公路上飛馳，我們剛從海水化淡廠出來。香港電台的朋友，打算把十來篇香港短篇小說搬上熒幕，其中也包括〈李大嬸的袋錶〉，外景選了海水化淡廠，叫我一起去看看。那些巨蟒般的金屬管、縱橫交錯迷宮似的甬道，和種種奇怪的不知名的科技設備，給了這故事所需的一個奇幻背景。看到環形的控制中心，我們都同意那正好是李大嬸的位置、整個機構的權力中心。在那高大空闊的廠房中走過，看着廢置的儀器和裝備，想到這耗資巨大的建設，一度被鼓吹為令香港食水自給自足的良方，落成後才發覺無法負擔運作的費用，一直擱置在那裡，現在只能作為拍攝一齣影片的佈景。真不知道魔幻的是小說還是現實。

車子開向錦田。十多年前那個夏天，我畢業出來，到了暑假最後一天才去看報上招聘的廣告，終於找到一份在錦田教書的工作。每天大清早乘車進去，黃昏乘車出來，這條路應該是我熟悉的；但現在車子左轉右轉，一下子卻認不出置身何處。這些年來香港變化太大了，我們自己也在周圍的拆卸建設中不斷轉變。順着人家的指頭，我看到牆上畫着的一扇粉紅色的門，彷彿是荒地上突然顯現的童話國度；又或者那邊，高速公路旁一幢高樓上拱型的圓頂，彷彿是來自外太空的飛船。我們曾經爬上那邊的山頭，住到這個或那個離島去，我們生活其中的這個島嶼不斷改變它的形狀，有時熟悉的事物也

也斯攝影：都市系列

會變得令我們陌生。地圖很快就顯得過時了，我們一直在尋找一種測量的方法。當外來的人概括地說它如何如何的時候，我們尷尬地感到他們是在說另一個島，那依據了他們心胸的偏狹與瘋狂、糜爛或刻薄而形成了的島。他們的照片或圖畫把大部分建築物削平、把風景塗白、或者把山水染上一層垂死的暮色；在他們的文字裡，這兒的人只是被觀看與描寫的對象，都啞口無言，永遠沒有機會表達自己的想法。但我們確知島嶼不是這樣，在島上生活的人也不是這樣。不是說要浪漫化地描寫成牧歌的背景，正好相反，景物裡本來就包括矛盾和衝突，輕易的歸納沒法說得清楚。

我們下了車，去尋找一棵榕樹，一棵以前老人家坐在那兒給小孩子說故事的老榕樹。我們迷了路。那些古老的城牆已經拆去，人家是不是都搬入新建的屋邨？我沒法找到我教過的學校。我們做過的任何事情都可以完全塗抹得不留痕跡。有一爿茶廳，依稀是以前那爿，但也可能根本不是。同樣的是還有那麼多小孩子，在球場踢球，我們在他們之間走過，迷了路。我們怎樣

也斯攝影：都市系列

找一棵榕樹去給他們說故事呢？我們怎樣去說這今天的故事？

這早晨，我們走上柴灣一個山頭。這一座山，在香港淪陷時，是日軍駐守的地方，現在則是尼泊爾籍僱傭兵的大本營。他們大概也快要撤走了，然後這兒就會闢作公園、擴建天橋，或者是賣給財團作商用，誰也不曉得。晨運的老人照樣每朝經過，情侶來這裡談心，偶然拍戲的人來這裡獵取奇異的背景：地道和小室、頹塌的磚牆、剝落的房間和天花板、牆上瘋狂莫測的塗鴉、三輛用鐵鍊和水泥纏在一起的汽車、奇奇怪怪的廢物，記載着各樣路過的人的情意結。這山經過了這麼多，也像是香港的一個縮影。但我這樣說也得小心，不要隨便把象徵投射到景物上面，變成一些抽象而空泛的濫調。寫小說也有點像找外景，你有一些想法，但你也不能胡亂套在眼前的景物上；有時眼前景物反而會以它獨特的樣貌，修正你原來的概念，引出新的想法來。理想的結合，是互相牽引和修正。所以我們仍然在那些房間裡，仔細抬頭看剝落成棕紅與灰藍的牆壁和天花板，有時，穿過牆上一個窟洞，我們看見山上茸茸的綠草⋯⋯

也斯攝影：都市系列

站在山頭，過去的炮台那兒，我們眺望對面的鯉魚門。想不到到了下午，我們又有機會，從鯉魚門回過頭來眺望柴灣的山，看不見炮台，至少看見了那幾盞黃燈。從島眺望大陸，又從大陸眺望島。換了一個角度，至少會看到站在原地看不到的東西，會想到去體會別人為什麼那樣看事情。當我在新大陸上回頭看香港的人事，肯定看到了一些我原來沒有看到的東西；當我在香港看中國大陸，自然也跟裡面的看法不同。但這些不同，也許是值得肯定而細察的。島跟大陸有不同的構成、有不同的歷史和地理，自然有很大的差距。

也斯攝影：新界系列

但我倒不是想列出簡單的二元對立來：比方個人和集體、對外接觸和繼承傳統、幻想和現實、現代主義和現實主義……當我們不斷移換觀察的角度，我們就會發覺：其實是有許多許多的島，也有許多許多的大陸，大陸裡面有島的屬性、島裡面也有大陸的屬性，也許正是那些複雜變幻的屬性，令我們想從更多不同的角度去了解人，令我們繼續想通過寫小說去了解人的。

站在海灘這兒看，棕色的石崖、坍塌的碼頭、岸邊的漁船，一下子都變得清楚了，是早上站在對面山頭看不到的。但也許對那邊的地道和房間，這兒也就沒看得那麼清楚了。如果我們能這樣反覆從不同的角度觀看，也許我們可以體會更多，不會把偏見強加在對方身上，看到人與人之間的同同異異，即使在最怪癖的人身上，也可以見到與另一人共通的地方來。

找到了，是這一棵榕樹！沿路走過村屋那兒，才找到這一棵枝葉茂密的榕樹。編劇的朋友向我解釋，他想在小說前面加這麼一個引子，讓老人向孩子在榕樹頭說故事，好教人曉得這是一個虛構而無時間性的故事，不致誤解為對

（上）（下）也斯攝影：都市系列

現況或將來的諷刺。我對這改動沒有異議，因為影視的改編是一種對話，可以有跟原著不同的看法。我想到李大嬸的故事，寫在七〇年代中期，本來是對權力的一個反應，這類小說還被某些批評的人認為不夠寫實，想不到現在卻被認為跟現實相涉太深，要強調它的虛構性作為緩衝了。

也許我們的現實本身是荒謬而不貫徹的呢！我抬頭看見：我們找到的也是一棵古怪的大榕樹呢，不僅因為它根葉繁密，而是因為它的枝幹間夾纏着磚牆，還依稀有門框的形跡，彷彿可以開門住進樹裡面去。原來那本來是長在屋旁的榕樹，日本人來的時候，屋裡人跑光了，樹毫無阻攔地恣意生長，把屋子都壓扁了，樹把屋子吞到肚裡，長成這樹不像樹，屋不像屋的東西。坐在這樹下聽故事，過去習慣聽故事的氣氛和關係不同了。若說故事是虛構的，聽故事的人會發覺，本身所處的背景也不穩定，所見的符號也不貫徹，訊息大概也不同了。

我們站在這樣一棵大樹下，怎樣開始說我們的故事呢？也許我們說的故事，都不免是個人心志和對整個外在世界的關連和解釋，而心境的不定、言語的難盡，也不免影響我們如何感會萬物，如何表達那複雜的感受。而既不能以辨析性語言陳述，唯有以藝術語言去體現了。

在這樣的情況下，一向被認為是中國現代小說主流的寫實主義，不免顯得局促，難以說盡心志與世界之間的種種複雜關連，唯有依賴其他各種方法補充。我自己對中外抒情小說的嘗試十分嚮往，覺得適量地吸收詩的長處，未嘗不可以對敘事有所補充，可以意象或烘染，代替臨摹以求寫意的效果；甚至有選擇地吸收散文的方法，也可以令小說有更自由靈活的開合，包容更廣闊的範圍。過去的小說追求戲劇性的衝突，但日常生活的戲劇卻是瑣碎而平凡的，往往內化為心境的矛盾；過去的人物描寫，可以詳細地寫人一生的功業，現在我們覺得這不夠了，問題是怎樣可以寫出一個人自己所有的精神，以及他在這世界的位置。過去了解這個世界、了解人的方法顯得有所不足了，肯定地認識世界的方法破碎了也就產生了寓言，對敘事和言語的自覺產生了種種探索。我們站在這麼一棵古怪的大榕樹下，面對一群不知何時圍攏過來的聽眾，唯有清清喉嚨，嘗試說出我們的故事⋯⋯

一九八七年三月，原為《島和大陸》後記

九龍城寨：我們的空間

巨大的鐵錘重重敲碎了牆壁，九龍城寨終於遷拆了。我們的感受卻十分複雜。

我有位朋友，她是在城寨長大的。她過去說："外面的人老是覺得城寨又神秘又可怕，對我來說，那兒是我長大的地方，我童年時在街道上遊戲，我在那兒有許多歡樂的記憶。一點也不可怕！"

儘管她自己的感覺是這樣，外面的人卻不這樣想。她小學報住城寨，引來老師和同學訝異的目光。也許是她敏感，她覺得大家不那麼喜歡她了。沒多久她轉了學校，報的是另一個地址。到了中學畢業，開始約會的時候，她叫男朋友把車停在遠遠的外面街道的大廈前，假裝住在那兒，肯定對方走了，然後走出來，快步跑長長的一段路回家去。

也斯攝影：影子

"我過了好久才敢向人家承認我是在城寨長大的！"她說。那時她已經結過婚又離了婚，而且已經搬離城寨多年了。那是一九八七年，香港政府宣佈清拆城寨方案以後，我們幾個朋友想進去看看，她自動提出，要給我們帶路，她也許久沒有回去了。

“過去男孩子就在路邊的街喉沖涼！他們在路上打波子，更頑皮的就射殺麻雀為樂！”她沉迷在童年的記憶裡，總不忘指出它的轉變：“過去城寨分為兩半，一邊是東頭邨的高樓，另一邊是低矮的木屋。我的家，應該就在那邊……”

那是她的歷史。我們沒有親身經歷更遠的歷史，老人家就給我們講更早的幾次“清拆”經驗：一九三六年，抗議了，結果沒拆；一九四八年，防暴隊也出動了，邨民向他們擲石頭。

這都是我們出生以前的事了。在我們長大的過程裡，並沒有教科書、沒有歷史書，告訴我們這些歷史。現在，一個龍鍾的老人，口述過去的片段，語氣好像還帶點激昂呢！

“有人上廣州請願。廣州的學生示威，還扯下英國領事館的旗，有人放火燒……”

一九六二年香港政府再宣佈要清拆，中國向英方作出嚴重抗議，要求停止任何拆遷行動。

城寨就這樣保存下來，但內裡有些什麼也在默默地轉變了。到了一九八七年這次，香港政府再宣佈清拆，這次中方沒有再抗議，外交部表示“充分的理解”。也許因為“九七”將近，這也是雙方達成的默契之一吧。

一般老百姓擔心的還是生存的問題。老伯說：“找誰出頭呢？這次他們說：你們自己用合法途徑爭取吧！我們好像困在籠

（左）（右）也斯攝影：都市系列

裡的畜牲……”

賠償的錢，夠在外面租回同樣的空間來繼續謀生嗎？弔詭的問題是：應該保存即使不那麼理想的空間、還是改變現狀？對大部分人來說，那是他們的家園。他們似乎寧願要保存這個空間，竭盡所能抗拒外間因為政治或者經濟利益而加諸他們身上的改變。

這個空間？這是怎麼樣的一個空間呢？棄在路旁的舊炮告訴我們：上一個世紀，這裡曾是商運的碼頭、防守的要塞。後來碼頭拆去，城牆也拆除了……城牆的基石，用了來建機場。城牆的邊界已拆除了，水陸的邊界已不存在，新舊的邊界也不是那麼清楚。這是怎樣的一個空間呢？

怎樣的一個空間？老人街連着老人院，大井街真是有大井，一切都彷彿名實相副，明白不過。但那你又怎樣解釋光明街呢？燈火通明的店舖，過去是白粉的主要供應地，黃賭毒在這兒有它們的地盤；不遠的地方，轉過幾個街角，就是我們的朋友童年嬉戲之地、快樂自由的空間。妓女在一邊出沒，另一邊有神父講道、給貧民派奶粉。社工正在進行輔導工作；吸毒的人蹲在梯間吞雲吐霧。放映老幼咸宜電影的戲院，晚上變成表演脱衣舞的場所。這是一個混雜的空間、一個不容易一概而論的空間，一個看來可怕但又那麼多人嘗試正常地生活下去的一個空間。這像香港。

不管人家怎樣説這是一個三不管的地帶，事實上近年許多偏門的行業已沒有那麼猖獗了。大部分人還是過着老實的營生。魚蛋和豬血的生意總那麼好，看來那麼骯髒的工作，最後做出來的產品卻是全港大街小巷特別受歡迎的美味小吃。這兒也特別多牙醫⋯⋯從國內出來沒有正式執照的醫生可以在這裡掛牌，這朦朧的隙縫地帶容許這類曖昧的存在。當然，生存於隙縫的人，都擔心這曖昧的例外地帶很快就不再存在了。

我們登上天台，在朋友的指示下低伏高竄，依隱秘的途徑從一所大廈跳往另一所大廈。在這樣一個不依常法的空間，彷彿不依常規的捷徑也是理所當然的了。我們在人家頭上走過，還以為在無人的荒山奔跑。好事者以為發現了神秘的窟洞、窺見低層房中的隱秘，直至迎面牆邊的一扇破鏡照出了我們的影像，令我們赫然一驚⋯⋯這是我們，身處在這樣一個空間裡呢！

自從那年的探訪，我也有好幾年沒到城寨去了。我的朋友已經離開了香港，説再也不要回來。我在各處旅行的時候，常常會碰見一些親切而有氣派的陌生人，他們彷彿來自遙遠的地方，直至他們開口問我，然後我才知道他們本也來自香港——這個混雜的、美醜各半的空間——並且成功地隱藏了自己最初的住址，這屢屢使我想起、使我懷念那位在城寨長大的朋友。

我在外面嘗試向人解釋香港並不是那麼可怕的一個地方，回來卻又事事批評，得罪了不少認識和不認識的朋友。我在外面説香港並不是沒有文化，回來又禁不住説為什麼我們總是追逐外間的標準，為什麼不能建立自己的標準，自己的文化空間？我胡亂説話，結果總令自己置身邊緣，在自己的家鄉有時也像個異鄉人。

也斯攝影：都市系列

這幾年城寨遷拆引起的糾紛還未解決、抗議的聲音還未平伏下來。我常想到我走過的那塊地方，見過的那些人。那些人要怎樣適應轉變，在城寨外面的世界生活下去呢？他們可以有足夠的維生的資源和空間嗎？另一方面我想到那些湫隘的小巷、木板間竄過的老鼠，好像丟棄在路旁的無用的古炮。我也不願只因為浪漫或獵奇而保存一個破落而無法安居的懷舊空間。

浪漫的懷舊，也許是一種無法面對歷史而生的感情。但我總記得，當我們置身城寨的家庭中，我們清楚不過，這其實也像在你和我家裡，閑話家常，說起親人的疾病、日常生活的問題。香港的每一條街道，每一戶人家裡，正不知有多少人跟我們一樣。

後來有些朋友潛入封起來的城寨，把撿回來的東西，在“城市當代舞蹈團”劇場擺了個裝置展覽，名為“城寨城債”，想喚起大家對城寨事件的注意。有攝影師拍了照片——包括在天台上拍攝的一輯裸體照片；有搞戲劇的朋友，說要在城寨的天台排一個演出，可惜始終沒有成事。我走在那些舊物之間，看着那些拆下來的陳舊的招牌，撿回來的算盤、賬簿、舊照片，帶給我一個舊日城市的幻象。種種曖昧的符號，指向許多古怪的可能的解釋，但我知道，這些離開了脈絡的符號、散亂的物質，並不完全等於一個實在地有人生存其中的空間。

巨大的鐵錘敲碎了牆壁。九龍城寨遷拆了。重新思考這個環境，不是為了懷舊，是為了更好地思考我們生活其中的空間。

一九九三年，原刊《華僑日報》“文廊”

科技大學的展覽：時間和空間的旅程

香港西貢科技大學校舍的建築物，好像預告了科技發展帶來的新世界，尤其在攝影師李家昇鏡頭的魔術下，加上影印複製科技的變形，恍如未來城市地誌的新藍圖。在這樣一個科技主導的世界裡，還需要藝術嗎？科技大學倒還是設有人文學科，偶然也在校園辦一些展覽，比方一九九三年的"從雕塑到裝置"的展覽。

進科技大學看展覽，好像是一個空間的旅程，也是一個時間的旅程。碰見夏碧泉和唐景森的雕塑，就像碰見現代主義的老朋友，他們的材料，也是從自然的空間中撿拾提煉而成，現在卻完成他們的風格，在室內佔據了一個展覽的空間，自給自足地兀立在那裡。

看陳育強的椅子，卻要在外面，走回頭，走上樓梯，才看到那些軟墊、那變形的椅子、那一杯茶。

要走這一段路，然後才知那是不是你的一杯茶。聽說本來要做一個大軟墊，九呎的大軟墊，做不成才發展成現在這樣，用軟墊墊起椅子，而不是用椅子墊起軟墊。更聽說，本來是要找同學掛起他們自己的東西。沒成功，才變化成現在這樣。這些計劃，這些變化的過程，也構成時間的旅程了。

NUX 的紅色東西，聽說會發聲，聽說會發光？現在卻是靜悄悄的。那便先去乘電梯吧。

楊秀卓的環形的空間裡，垂了紅色的簾子寫了字。“星聲相釋”。從蘇守忠到今夜星光燦爛，到羅海星。楊秀卓，你容許我和你玩更多遊戲嗎？在這環形的空間裡，在乘電梯的閱讀過程中，我們可不可以有更多的閱讀角度，更變化萬端的文字遊戲，更開放的敘事？

你問我該怎樣？我不禁又在這空間流連，左看右看，總想到在不同空間可以發生的事，如何利用不同的空間去發展不同的對話，最是迷人。

走出去，就來到林罡的樓梯了。我覺得這地點真是選得好，剛好是學生宿舍走向課室的通道，一層層的雞毛，陽光照着，一陣風吹來，像波浪起伏。“步步高陞”。你不喜歡有意義？我倒是喜歡既可以跟環境的空間有一個對話，又可以有自己的姿勢、有對材料的敏感呢。

一個平台，黃仁逵超級市場手推車到哪裡去了？在時間中消失了？一個女學生站上去拍照，這就是“現象”？

我們看到王純杰的帳篷。黃色的布幡，在陽光下輕輕揮手呢！

聽説本來格局更大。肥彭的直升機要停在更大的草地上，藝術家的精神空間只好縮小了。我對這些八卦新聞跟對展覽同樣感興趣。怎樣在香港僅有的展覽空間中交涉商量，正是香港文化的一個主題呀。現在這樣也好，從學生食堂可以看個真切。怎樣繼續走下去呢？我們迷途了。領隊的人繞着柱，轉了一個圈回到原來的地方。這是一個儀式？走下去，繞過去，才又來到草地，看麥顯揚和黃仁逵。

阿麥，你的《天堂與地獄》，現在變成一潭污水了，天堂與地獄都沒有分別。你在科技大學擺展覽，怎沒想到排水的科技？快要變成蚊子的天堂了。你應該像林罡那樣，下過雨去梳理雞毛才是呀！阿麥真是懶鬼。阿鬼（黃仁逵）也是。只有一輛手推車，勢單力薄地抵着幾邊壓過來的大樓。不是原來計劃有几人鬼嗎？

原來 NUX 有神主牌，現在不見了。室內的新房改播粵曲，給科技之神供一個神壇。

陳育強的金魚死了兩條，在展覽中草蜢也死了一堆。應該有人記下所有這些變化……原來計劃是什麼，中間產生了什麼變故，最後如何收場？誰收起了雞毛地氈，誰把一件神秘無名作品移來移去在校園出沒？鮑藹倫的展品只剩下一個浴缸，聽說是藝術家自己拿走了攝影機去旅行？馮美華的展品增多了一把梯子。有些人有些東西卻不見了。這些瑣瑣碎碎的閑言閑語最是有趣，藝術家不得不扮演更複雜的角色，走來走去，爬上爬下，應付各種奇怪的繁瑣。對了，在香港的藝術空間裡大家就是這樣的。

一九九三年十一月二十日，原刊《信報》

收錄也斯文集《越界書簡》

香港歷史明信片

我們寄出的圖像已經過修補
是我們未曾經歷的風景
　　　　　　　　　　我在背後
寫上私人的問候，在方寸裡
我若告訴你最隱密的憂慮與擔心
可會在無數陌生人中間流傳，展示
在好奇或冷漠的眼光中，把褐色的油墨
漂得更淡更淺，直至那些跑馬地的茶園
擺花街的花檔、從事各種營生的小販
像一個在樹枝上紡線的老婦人

也斯攝影：物語系列

逐漸消失了影蹤

我在大量生產的圖像中間
挑選，不知怎樣向你傳達個人的訊息？
我無意誇張馬場的大火，或是風暴中
在港口沉沒的戰艦，我不是度假的遊客
給你在災難旳場景旁邊寫幾個字：
我們動程往上海去玩了！我不是
投機掮客或殖民官員，愛把異國情調的
影像寄回老家：留着長辮吸鴉片煙的
賭徒、歌女、拳師或是人力車夫
我厭惡地翻過去，我無法否定
它們的存在，但我當然亦無意用來
代表我們

我在影像的旁邊寫字
潦草的字跡有時寫入堅尼地城的小路
摩利臣山的第一所中國人學校
大使團訪華途中在此駐馬飲水的水塘
總想問歷史是怎樣建構出來的？
許多人曾經在畫面上着色，許多人
把街道改上他們自己的名字，雕像
豎起又拆下，許多人筆墨縱橫的濫調中
我給你寫幾個字，越過畫好的
分寸

我們如何在往昔俗艷的彩圖上
寫出此刻的話？如何在它們中間描繪我們？

（上）（下）也斯攝影：物語系列

一九九四年，原刊《游離的詩》

與李家昇合作

一九八四年夏天，我剛從加州回到香港，有一晚在李家昇家裡喝酒談天。我剛問李碧華借來她為電視台編劇的《霸王別姬》，大家一起看了錄影帶，又看了駱笑平的銅版畫、麥顯揚的雕塑，以及李家昇、黃楚喬拍的不少幻燈片。從外面回來，回頭發覺本地同代的藝術工作者也逐漸有了自己的面貌，在當時人心徬徨、陰晴未定的氣候之下，尤其覺得珍惜。當晚在喝酒之餘，翻開一本又一本李家昇、黃楚喬的照片冊，既看到他們工作的商業攝影，也看到他們過去做的木刻版畫、辦的詩刊、回國內旅行拍的照片、以及日常生活照，不可分地混在一起。我發覺李家昇以他的方法記錄了歷史：翻閱舊照片，看到他七〇年代初回去見到廣州街頭人物的舊貌；翻閱舊照片，又赫然見到我們一群朋友七五年在藝術中心舉行第一次詩畫展的合照。朋友聚散無常，歷史充滿轉折，照片冊裡的舊照片卻提醒了我們，前瞻之餘頻頻回首，是悲是喜其實都有個發展過程。

我們一群朋友六、七〇年代在香港長大，在種種混雜的文化背景下汲取營養，處在邊緣的位置，不得不反思政治和商業的主流，沒有一個穩定的位置也想尋找種種空間。在謀生之餘，我們也辦過同人刊物和詩刊，也從事過商業性工作，在眾聲中說一些自己想說的話。由於工作和接觸，令我們明白：私人的藝術世界，與公眾的商業和政治世界，並不是截然二分的，它們無疑

也斯攝影：人物系列

互相滲透、互相影響；有時互相抗衡，有時又互相補充。

在局限之中創作

朋友李家昇、黃楚喬從事商業攝影的工作，但並未放棄對文藝的熱愛，過去的創作背景，令他們從事商業工作時有更開闊的視野；商業工作學習回來的處理方法和技巧，亦幫助他們自己做人和藝術的發展。這些方面，可能是過去台灣和大陸談文説藝的人所看不到的。有一位台灣鄉土攝影家，來到香港就滔滔而談，説香港太商業化了，沒有鄉土攝影，沒有好的攝影家云云。我讀到這些觀點，忍不住寫了一篇文字〈直至一張昔日的照片提醒了我們〉，以李黃的攝影為例，希望可以比較平實地看藝術與商業的關係，看本地文藝工作者在限制下亦做了一些什麼。

那篇文字發表在《星期日雜誌》，一份比較能包容不同觀點的文化刊物，但刊物在八九年六月後又停刊了。這次與李家昇合辦“詩與攝影”展覽，回頭看這幾年來合作的作品所發表過的園地，也的確説明了我們局限而混淆的背景、不純粹的題材與表達方法。《看李家昇黃楚喬照片冊有感》是八四年夏那個晚上的感想，與後來的《青銅雙像》都發表在朋友辦的明信片形式的詩刊《秋螢》上、《西湖》的詩與攝影原發表在《博益月刊》，發表時照片因故未能刊出，現在《博益》亦已停刊，開闊的文藝園地更少了。《木瓜》和《雙梨》的詠物詩和攝影，倒是原來發表在一份婦女雜誌《妍》上面的。

形象拼貼而成的香港

每次去李家昇、黃楚喬的影室，翻閱他們的舊雜誌，他們世界中那些攝影器材、精巧道具、流行雜誌中五彩繽紛的人物，那些不斷滲入我們世界、改變我們的映像和類像，帶給我種種思考。我們離不開這一世界，怎樣看這一個世界呢？李家昇曾為《文華雜誌》拍了一幅名為《香港，你好》的攝影，用“拼貼”的手法，砌出對香港的看法。我看這照片有所觸發，也用文字和聲音的“拼貼”，寫了《形象香港》一詩，想寫香港的形象，形象化了的香港，形象如何成為了香港。我對李攝影中空間並置的手法，形象和實質的關係很感興趣。文字都說是時間性的，但文字大概也不必奢言永恆，孤芳自賞，睜開眼睛看看世界，有意思的事情多的是。雲・溫達斯在《都市時裝速記》中拍山本耀司，自己對大大小小的電視映像樂而忘返。我在李家昇的影室裡，亦常常對映像的世界有一種發現的樂趣。與他合作，亦覺他有溫達斯說山本那種細緻溫文的工作態度。我們在他影室清理舊雜誌，翻閱時裝雜誌之餘，亦想了一組詩與攝影是關於現代時裝雜誌的，裡面也其實有時代生活的面貌，也可以是對現代生活的筆記，詩題已有了，是“關於《流行通訊》及其他”，但工作忙碌，來不及放進這次展覽裡了，以後繼續合作吧。朋友都各自為生活奔走，趕着完成各自需要完成的工作，此外也盡量爭取時間相聚談天，看一眼窗外黑暗中的燈火，趁有機會的時候合作做一點什麼。

一九九〇年四月，原刊“詩與攝影”場刊

“詩與攝影”：李家昇攝影・梁秉鈞詩作展覽。一九九〇年四月二十五日至五月一日，大會堂高座三樓展覽室。“詩與攝影”講座：四月二十八日，大會堂高座三樓。

昨夜我遇見李察

大家老談着網絡。好像上了網就解決一切。我弄了半天，電腦又再罷工，一切停頓下來。

我運氣不好。不知怎的，好像總欠一點什麼。老有些奇怪的單據。付了的賬說不曾付。結欠不是欠，只是令人氣結而已。開了支票，卻入錯戶口。罰的是你。到頭來勝利的總是銀行。稅局是浪漫主義者，估計一個膨脹了的明天。銀行這個現實主義者，卻還在追討你上個月的差錯。我的自我形象低落，由於置身無法認同的估值方法裡。你若說我們做的東西是沒有收入的義工，不值得全心全意去做，那我也無話可說了。

我在收拾書本，希望一個星期以後真的可以名實相副地放假。往往名大於實，或者名不副實。我該挑什麼書本帶去閱讀呢？還有那麼多未有時間去看的書。放假也許不該再看理論書了。鄰房的老師，在門上貼上一張紙，說要“浪跡天涯”去了。多麼瀟灑。我欠了自己一個這麼瀟灑的機會。

我還得參與學生的活動。一大群小伙子，要去交流，要找工作，要去旅行。整個大廳，弄得沸沸揚揚的。

數碼港好似是大眾的烏托邦。閃閃發光的科技的明日。閃光的霓虹會變成泡沫嗎？然後又是醜聞，又是解僱，又是或這或那的結業。這些東西，在滿場喝采聲裡，是沒有人理會的。傳媒總有閃光的熒幕和筆端，追逐着數碼的增值。

也斯攝影：都市系列

我坐在啞默了的電腦面前，想如果去旅行該帶一本什麼書。

我的朋友們弄了本千多頁的中國文學英譯，搜羅了各種難得的英譯本，重新校訂編輯出來。我很想帶在手邊細看。拿在手裡，真有一袋馬鈴薯那麼重。怎麼辦？看來還得減磅。也許影印至某個朝代放在手提袋裡？也許先從《詩經》和《楚辭》開始。來一點馬鈴薯沙拉吧。有圖片有歌詞的法文書帶給女兒。老顧叫她小土豆，即是小馬鈴薯的意思。

叫做小馬鈴薯是因為她喜歡吃各種馬鈴薯的製成品。煎炸焗釀都有。汪曾祺也寫過各種各樣的馬鈴薯。女兒也許有一天會看汪曾祺的小說？但願如此吧，雖然她多半不會喜歡山藥蛋派的文學，儘管她喜歡吃薯仔皮。喜歡不喜歡這種或那種馬鈴薯，人各有志吧！

在我的身邊，馬鈴薯跑出膳堂，馬鈴薯跳進泳池，濺出無數水花，無數泡沫。

昨夜在一個盛大的宴會裡，所有的小馬鈴薯騷動了。他們向我們這邊望過來，不是因為看見了我，而是因為他們看見了我身旁的李察。李察是新時代的英雄，頭髮剪得短短的，說話到位，而且還有幽默感。完全沒有我們六、七〇年代過來的黏滯與沉重。他預想一個美滿的亞洲市場，為所有的傑出青年提供就業的機會。他也很可能是你的英雄呢。不過這次我的自我形象沒有動搖。我挺欣賞這網絡新世紀的狂歡，目睹所有少艾如癡如醉的眼神，大家爭着擁近未來的神祇拍照，而且非常關心他的婚期。我繼續以平常心進食馬鈴薯，並且回答了我們年輕好客的主人有關目前大專教育癥結的問題，當金髮女郎在背後提着他的上裝，台上放大的熒幕上正播映他的科技宣言，而整個大廳沸沸揚揚地正陷進一種對明日世界美好憧憬的狂歡之中。

二〇〇〇年七月十日，原刊《明報》

也斯攝影：都市系列

買賣的廟街

“這兒不知有沒有四驅車？”朋友的孩子問。

走進廟街，一下子大家都分散了。我和攝影師蹲下來，看尼泊爾人賣的手鐲、彎彎的刀子、各種花款的精雕細鏤。我拿起一個木盒子，上面有牛的圖案，可以是一件美麗的禮物。

抬起頭，漫畫家和他母親走遠了，前面的攤子擋去了他們的背影。有人在路旁招徠。錄音機聲浪喧嘩。舞蹈家在那邊挑衣服。各種各樣的花款和尺寸，你要什麼都有。廟街是一個買賣的地方。香港是一個買賣的地方。

地攤上擺着一列麥當勞玩意。塑膠漢堡包和薯條，塑膠的小人兒。大家熟悉不過了。買了漢堡包，還要附上二元才換一個。想不到現在放了滿地！還有沒見過的露西、背着薯條的恐龍。有一個麥當勞叔叔，在後面按鈕，他就會手舞足蹈！

朋友的孩子走過來，他對這些賣給小女孩的玩意不感興趣。他念念不忘的是四驅車。

“你女兒的車叫什麼名字？”

“好像是火艷陽！”我也不知是不是。

“她的有沒有這機器？有沒有前面的車檔？”

“都有！”他有點失望了。我故意氣他：“好像還要大呢！”

也斯攝影：兩廚師

我們站在這路的盡頭，等我們失散的朋友。

“不用等了”，後來有人提醒我們，“約好在聽粵曲的那邊等！”

唱粵曲的人沒穿戲服，穿的是普通的西式裙子，唱唸做打都做到十足。前面有排椅子，不過大家還是站着聽。聽的人不多。有人問：“收錢的時候都跑掉怎麼辦？”另一個人說：“有什麼怎麼辦？有什麼辦法？”唱的曲詞，都給人聲車聲淹沒了。

“換一檔，那女的聲音響亮一點！”政府禁止用擴音器以後，大家只能就這樣唱，好像比嗓子似的。一檔一檔走過去，不同的小生與花旦、不同的悲歡離合，生意都好不到哪裡去。一個老人家，坐在兩檔之間拉二胡。綠楊移作兩家春。最後一檔生意最好。鐵欄裡好像坐了十來廿人，還有不少人圍觀。唱的也沒有什麼特別，只是多了個衣着性感的在那兒招呼。

我們站在路的這邊。大家起初說要看掌。女漫畫家發覺不見了男漫畫家，我也幫忙張望，看他可跑到性感女子那邊沒有。有一檔看掌的生意特別好，旁邊那個坐冷板櫈的可酸溜溜了：“賺得多有什麼用？賺多少還不是吃多少白粉！”風言風語，並未為他帶來更多顧客。

另外一檔，看相的按着顧客的額頭，叫他去植髮。我們一口咬定他跟街尾某處植髮的彼此勾結。又有一個看掌的，“口花花”兜搭過路的每一個人，舞蹈家結果挑了個看來比較老實的。

指頭在掌紋上徘徊，聲音低沉，我們站得遠的都聽不清楚了。我的朋友跟我轉述，還夾雜他自己的評語：“剛中帶柔、有感情也有理智，這話誰不會說……”

也斯攝影：都市系列

一位朋友負責翻譯，說她來自國內。看相先生說她是北人南相，廣東話也說得不錯。愛情嘛，夫妻不要吵架，"相嗌唔好口"。她的父母得不到她的照顧，她命中註定要離鄉，向"金"，要向西方去才會好！

那就是移民了，"移民台灣算不算？"

"台灣是東南亞，怎算西方！"看相先生義正詞嚴地說。看來除了普通常識，還得懂地理。

不過後來舞蹈家說，這看掌的還是頂準的，因為她自少就離開家裡了。她正在看皮帶，"你看這灰色好看不好看？"原來她丈夫喜歡灰色皮帶，她打開包包讓我看，已經買了兩條不同的灰色了。我說："難怪說你是個好妻子！"

小朋友在那邊終於發現了四驅車，把他爸爸媽媽拖過去。我正要去看，前邊攝影師又發現了新大陸："冒牌畢加索絲巾，一列排開都是假畢加索絲巾！"

這廟街，真是什麼都有！

一九九一年五月十九日，原刊《星晚周刊》"越界的藝術"專欄

也斯攝影：都市系列

（左）（右）也斯攝影：都市系列

添馬艦旁的老竹頭

我是一截老竹頭，剛好擱在這幅空地的邊緣，抬頭就看見了半個月亮。今晚人來得特別多。場地本來沒有燈光，影影綽綽的，但覺許多名牌的鞋子從我頭上跨過去。搭起的台上，管絃之聲起起伏伏不絕於耳。後來演講就開始了。我正想打坐入定，卻聽到老有人提到我的名字，害我的眉毛一直在跳。我已心如止水。沒想到在這柏林和香港兩城交流的盛會上人們竟也不放過我。高官和部長輪番上台，一張嘴就吐出我的名字。我怎也沒料到，自己會變成這個城市的象徵。我怎會變成一個象徵的？說我有彈性、能變通，好似我是一截彈簧、是一圈橡皮筋。

都怪我的建築師朋友在柏林搭了一座竹亭。是不是亭我不敢肯定。你也可說是一頂竹帽子、一個文件夾或一個竹生日蛋糕。反正我們都有身份危機的問題，自己也搞不清楚自己是什麼。那麼跟帽子或生日蛋糕攀上關係也無所謂了。據說在柏林搭的確是竹亭，但我這截竹頭並沒有被邀去柏林，無從參與文化交流的盛會，所以也就無從見證。見證也未必有用。柏林的建築來到香港也有可能變成奶油蛋糕。

都怪我們的父母四九年來自四川，從前他們那一代習慣了跟熊貓嬉戲，習慣了讓什麼莎莎嘉嘉挨着站起來往他們身上爬。到了今天，我們這些傳人又來跟歐洲小熊打交道了。台上但見穿熊皮的美女走來走去，台上市長與市

（上）（下）也斯攝影：都市系列

長、現任文化部長與未來文化部長、德國香腸與中國臘腸，互相餽贈粉紅色小熊。香檳流瀉、鑼鼓齊鳴、檀香、古龍水！權勢與鈔票的芬芳洋溢，富四大道的同性愛大隊與深圳的下崗隊伍一同浩浩蕩蕩操前去，連我這截老竹頭也未飲先醉，飄飄然欲仙欲死了。

真是一場好戲。導演得很用心。我只是不大明白：為什麼每個上台的人，提到我都説我靈活。老實説：我的優點照算並不是靈活呵。無數進念二十面體童男童女，背着個印上了"活學活用"字眼的背袋列隊走來走去。背袋上"活"字都被翻成 flexibility。以我們那一代在四川竹林大學所學的中、英文來説，應該不是這麼簡單的意思吧。我什麼時候竟然變成了靈活的象徵呢？

林部長的演詞，精闢入裡地指出了我們位置所在：西望英人福斯特的後現代銀行，東邊越過海峽遠眺火車總站的遺蹟。可是除了空間的位置，是否還有時間的位置呢？沿着舊火車站的鐵軌，可以回溯不少民族的血緣，而這幅名叫添馬艦的土地呢？現代還有誰記得添馬是流入英倫海峽的小河，而以此為名的英艦，自從一八九七年訪港後，留港經歷百年滄桑？在日軍侵港時為英軍企圖炸毀。現在艦已退役，海軍總部當年的用地也已經付巨款賠償給英國國防部了。今日大家還是習慣把基地稱為艦。卻又已是改朝換代，滄海桑田。城市的地段有它的歷史，文化交流有它的歷史。豈只是一個團體的大騷，豈只是一截靈活的竹頭？呵，莉莉瑪蓮，呵，莉莉瑪蓮，我完全陶醉在一身鎖鏈皮褸的安東尼・黃，又名黃耀明的嫵媚的廣東話唱出的瑪蓮德烈治的德文歌裡。我太 high 了，我要死了。我再也不知道我們是誰。

二〇〇〇年十一月六日，原刊《明報》

都市風景

公共汽車駛近金鐘。抬起頭來，看見一片新的風景。左邊是剛啟用的太古中心，建築的棚架還未拆去，樓下的電影院已啟用了。前面不遠是快要落成的中國銀行，金屬的竹節豎向高空，再遠一點是近年才建成的滙豐銀行新廈，後現代的開放而外露的建築取代了過去穩重對稱的外貌；眼前右邊是金鐘中心，再過去是新落成的奔達中心，侵略性的外貌像一個披甲的武士，背後另一座大廈露出閃閃金色玻璃外牆。左右兩邊由一道天橋相連，橋上露出一截木棉樹的枝梢，朵朵紅花倒映在天橋銀白的金屬外殼上，化成抽象的紋理。

香港都市的外貌每隔不久就改變一次。我們生活其中，也是常常驚奇地發現這兒有點什麼拆去了，那兒又有一座什麼建起來了；範圍擴闊了，界線混淆了；本來是邊緣的地方變成了另一個中心，本來是中心的地方變成邊緣。商業的空間和文化的空間、辦事的空間和消費的空間，互相扣連，互相滲透。各種各樣最矛盾的事物糅合在一起，不容易一下子辨認清楚。

香港的空間都好像是不穩定，可以填上任何東西。香港本身就好像是一個可以填上任何內容的空間。香港人的身份的特性含糊不清。對於外國人他是中國人，對於中國內地的人，他又好像帶一點外國的特性。他可能是四九年後來港的，對於原生於本地的人，他當然是南來的，但對於七、八〇年代南來的人，他又變成"本地"人了。他可能會説英語，但不大想説；想説普通話，但不大會説，或者説了但被台灣或大陸來的人認為不夠標準，"跟外國人説的沒有什麼分別”。他感到最自然是說粵語，但其他人誰也聽不懂。他要寫字，得把說話翻成文字。別人還可以時刻懷疑這是否純粹中文，還可以恐嚇他說普通話說不好就不可能寫東西。沒有人比他更倒霉了。如果他要寫作，他一開頭就處於劣勢。其他地方的人當一個作者是天經地義的事，但在這裡，香港作者是指什麼還要經過一番爭論。有種種定義：包括居住在香港多少年、在什麼地方成長、在什麼地方發表東西等等。又有些人認為是指讀者要有多少。這種種爭論，可見香港作者是什麼的定義含糊不清，這種邊緣性，到頭來也變成了他身份的特色。

香港文學裡有對現實空間的思索，但也有人去思索非現實的空間，這不一定是想像的空間、海外的空間。香港人好像想從與他人的關連中回頭來反省自己，想從自己不是什麼來界定自己是什麼。大概由於這樣的原因，對文化身份的追尋，往往亦從如何描繪“他人”開始。這“他人”可能是其他來到這片土地的人，也可能是離開這片土地所遇到的種種不同的人。放逐的主題亦是身份追尋的一個變奏。

都市是一個包容異同的空間。它裡面不只一種人、一種生活方式、一種價值標準，而是有許多許多不同的人、生活方式、價值標準。這就像一個一個櫥窗、複合的商場、毗連的大廈，彼此不是比喻的關係、由中心輻射出來的關係，而是並排的關係、連結的關係。

你可以由美國圖書館走往一間超級市場，走往一個茶場，一所餅店，一所鞋店，政府合署這邊是酒店，樓下是小型電影院，每天放映不同的電影。從文化的空間到商業的空間、從私人的空間到公眾的空間，那界線模糊不清，有時不同的空間彼此混和了。

你在這些空間中流連，逐漸發覺很難分辨什麼是原來的、什麼是外來的；什麼是自己的、什麼是他人的；什麼是東方的、什麼是西方的。你看那些招牌、標誌、符號，它們使用的，也是一種混雜的文字。這些符號互涉，又重疊了不同的文化脈絡。你並不特別驚奇，只因你早已習慣了這一切。

一九八九年三月廿七日，原刊《大公報・大公園・比較文學》

錄像北角

一九九三年暑假，一位朋友來找我，想把我一首詩《北角汽車渡海碼頭》拍成錄像。朋友是唸電影的，對紀錄片有興趣。說起來，我們都很喜歡法國電影《六個導演眼中的巴黎》（*Paris Vu Par...*），那電影六個片段由六位導演來拍，每個片段集中在一個地區，各有一個獨立的故事。故事裡有人物，但每個地區也同樣是個主角。尚．杜哲拍的片段發生在藝術家聚居的

（左）（右）也斯攝影：都市系列

Saint-Germain-des-Prés，那片段的故事也嘲弄了外人眼中對法國文化區的種種定型想像。“真實電影”的尚．盧治拍Gare du Nord的片段，則用恍如紀錄片的手法拍窗外地盤動工時的吵鬧，一邊襯托虛構的劇中夫婦的劇烈爭吵。

我自小在北角長大，搬來搬去，住過不少區，也看到它種種變化，一直就很想做一些紀錄的工作。現在有這樣的機會，我們結果就一起合拍了一齣錄像，從北角汽車渡海碼頭開始、從紀錄開始，結果也發展成一齣混合着虛構情節的錄像了。

我小學五年級搬到北角。小學就在春秧街一幢房子的樓上。春秧街是街市，老是濕漉漉的，擠滿買菜的人，沿街都是賣肉或賣雜貨的店舖，擺賣的攤子擺到馬路上去。電車從路中央叮叮響着駛過，一條馬路好像沒剩下多少空間，盡是晃着來往的人的臉孔了。

上海人四九年後移居香港，最早多聚居北角，所以北角也有“小上海”之稱。我最早搬到北角，對於賣上海食物的南貨舖，覺得很好奇。還有就是黃昏時小館子剛煎好生煎包，傳出誘人的香味，引來了食客在門外排隊。附近還有幾家西餐館，最大的溫莎俄國菜館，有包裝精美的巧格力和新出爐的麵包。對街有華納鞋店、造寸服裝店、雲華洋服店，還有蘭心照相館，聽說張愛玲也在那裡拍過照。同樣高檔的茶樓有雲華和麗宮，總帶着一股“高檔”的冷氣味兒。皇都戲院原來叫璇宮，我依稀記得很早在那兒看過魔術表演，後來變成專演西片的電影院。另外一所電影院是都城，我記得它最早演黑澤明的新戲《用心棒》、《穿心劍》和《七俠四義》，那些劍俠一個個出手像閃電一樣，嗖的一聲就把敵人刺倒在地，叫人看得十分過癮。

我搬到北角的時候，同學裡有上海人，也有不少福建人。北角已不全是上海人的天地，住的地方附近愈來愈多福建人，有時也看見塗着厚厚白粉的婆婆在舖裡買麵線。我後來也在北角吃到福建菜、潮州菜和客家的東江菜。我自小已經發覺北角繽紛的食肆，電車站附近一所賣蝦腦麵的粥麵店變了皇上皇，冬天賣臘腸，夏天賣雪糕。夏天的夜晚沿街有人擺賣舊書，既有翻譯西洋新知的通俗雜誌如《西點》，我也買到早期的文藝雜誌如《文藝新潮》。我對食物和文藝的多元口味，大概是從小在北角培養出來的。

隔了這麼多年，每次回到北角，都覺得它愈來愈擠迫，舊舖拆去，像夏蓮那樣優雅的咖啡室已不存在了，只剩下喧嘩的金舖和“東方紅”。有位詩人朋友在金舖工作，他生動地說起打劫的經歷：他們全蹲了下來，子彈就在頭上橫飛。另一位詩人朋友開計程車，得了病，我們說起只有黯然。離開大家興致高昂地寫詩的七○年代已經遠了，何況童年那些幽靜的歲月呢。

我帶着攝影鏡頭回到北角，有點不知從何說起。鏡頭跟隨電車搖晃着從北角道轉進春秧街，拍攝菜市場擠迫的人群，拍得出這地方和我自己經歷的種種變遷嗎？在老豆腐店裡鏡頭搖上牆上的標貼，拍得出那些滄桑嗎？我的鏡頭不好意思在人家的臉上久留，怕唐突了樸素的街坊。我在這裡長大，離開了又回來，但眼前新的現實屢屢挑戰我原來的記憶了。被訪的美食家說他已不去春秧街，而是到市政局建的新街市買菜了。我知道馬寶道街市樓上有著名的食肆。於是我們的鏡頭又越過過去大排檔聚集的糖水道、越過舊郵局、乘着自動電梯踏上新的市場……

也斯攝影：都市系列

我想我們需要不只一個角度。剛好兒子以文從外國回來度暑假，我們找了他跟浸會電影系楊健同學合演一對年輕男女角色，從他們的故事帶出這個地方的故事。以文小時我們住在民新街，在北角的另一邊，接近鰂魚涌那兒。我們在家中編《大拇指》，樓下卻剛好是個廢紙工場，真是諷刺！以文上學的小學、打籃球的球場、以及愛吃的東江店裡的鹽焗雞，自然都仍在，只是幾年不見，對他來說，好似也變成歷史了。

我們借一對年輕人的故事，嘗試帶出北角的層層歷史。嘗試去觀察它現在的變化。拍好了以後在藝術中心夏令營的"香港視覺探索"放映過，還有就是私下放給朋友看。想不到原來不少朋友都在北角住過。想來這也是錄像這媒介的奇妙之處。我們平常喝酒談天，很少談到彼此的童年、談到我們成長的環境、甚至我們現在生活的空間。但錄像作為一個比較親切、比較直接的媒介，容易在觀看之餘，引起直接的溝通。朋友看完錄像，大家七嘴八舌補充了不少有趣的細節。

於是我們再拍一輯《北角》的紀錄片，這一輯訪問了不少朋友，如李家昇說起他父親過去的影室在英皇道，他在北角開始學攝影。馮美瑩說起小時母親帶她去金舖，店員給她一塊小金讓她拿着玩。學鋼琴的她記得琴行街的琴行。搬到北角幾年，為了方便在《明報》工作的尊子和陳也說起他們遇到的種種趣事：包括附近空地上種種式式奇怪的攤子，有一次大火後有人把水濕了的幾百個大小不一的胸圍攤在空地上擺賣。叫賣的聲音不絕，我們經過他們住所附近的馬寶道，聽見連綿不斷的廣播，用各種方言，說着搬遷在即、徹底減價的訊息。舊衣服堆了滿坑滿谷。過了許多天，"明天鐵定要結束"的說法還是說下去。那些降價求售的生意好似是永恆的。

北角也寄託了不同代人的想像和借喻。它在三〇年代是怎樣的？幸好找到李育中的《維多利亞市北角》一詩，詩中多是自然景色，後來的都市景象還未成形：

"蔚藍的水／比天的色更深更厚／倒像是一幅鋪闊的大毛毯／那毛毯上繡出鱗鱗紋跡／沒有船出港／那上面遂空着沒有花開／天呢卻編回幾朵／撕剩了的棉絮／好像也舊了不十分白／對岸的山禿得怕人／這老翁彷彿一出世就沒有

青髮似的／崢嶸的北角半山腰的翠青色／就比過路的電車不同／每個工人駕馭的小車／小軌道滑走也吃力／雄偉的馬達吼得不停／要輾碎一切似地／把煤煙石屑潰散開去／十一月的晴空下那麼好／游泳棚卻早已凋殘了"

（上）（下）也斯攝影：都市系列

雖然有電車駛過，但整個地區可看來有點荒涼，一方面是"對岸的山禿得怕人"，另一方面是半山腰雖有"翠青色"，但更強烈的印象卻似是在開山鑿石，"煤煙石屑潰散"。晴空雖好，盛夏不再，連描寫泳棚也用了"凋殘"二字。這地方已不是未鑿的自然美景，一方面又未是繁華的都市。

五〇年代從上海來到香港的前輩作者又有他們的感受，一定想像不到今日繽紛吵鬧的北角吧？我把五〇年代詩人馬博良（馬朗）所寫的一首《北角之夜》找出來，"最後一列的電車落寞地駛過後／遠遠交叉路口的小紅燈熄了／但是一絮一絮濡濕了的凝固的霓虹／沾染了眼和眼之間朦朧的視覺" "於是陷入一種紫水晶裡的沉醉／彷彿滿街飄盪着薄荷酒的溪流／而春野上一群小銀駒似地／散開了，零落急遽的舞孃們的纖足／登登聲踏破了那邊捲舌的夜歌……”我把它植了字重疊在電車所經過的一段英皇道的影像上面。那兒過去是夏蓮咖啡店舊址，我過去跟同學詩人覃權在那兒喝過咖啡。馬朗也記得那地方。但當我們八〇年代再回到北角，那優雅的地方已不在了，現在是一個不知在建築什麼的建築地盤。春夜的小銀駒那樣的意象離我們愈來愈遠了。

走過六七年發生事故的“國貨公司”、近年傳統劇團來港演出的新光戲院、走過舊衣攤和新樓盤的馬寶道、星馬泰餐廳、街坊福利會、福音堂和文娛大會堂。新聞大廈不存在了，但又有《信報》和《經濟日報》在北角。北角過去是報人聚居之地。新一輩的文化人，也有不少住在北角。就我所知，就有舒非、黃子平和黃燦然。我在《大公報》上讀到黃燦然寫北角的詩作，說他想逃出北角，我讀來不禁莞爾。

我們在一個星期日再一次走近北角汽車渡海碼頭，然後驚訝地發現，原來在星期日，這兒的空地現在聚滿了休假的菲律賓女傭。《北角汽車渡海碼頭》詩最後一句說“來自各方的車子在這裡待渡”，一代又一代不同的種族和籍貫的人聚居在北角，輪流上場，扮演了他們過渡的角色。

我們剪接完了，但我們不敢說自己真正記錄了北角。用了馬朗的詩，那就肯定他寫的是那段路嗎？恐怕不是，是我隱約假想詩中那段夜景，跟當年那一段路有關罷了。文字與影像並置，甚至也不是作同樣方向的說明，而是突顯了參差呢！今昔之比、浪漫抒情的修辭與破碎凌亂的現實相對，也調侃了“懷舊”了？剪接時重看拍下的片段，其中有年輕一代的游靜開我們玩笑，假作接受訪問大談她沒經歷過的北角。我們想正好用來作結。鏡頭正是帶出了選擇和安排，剪接正是一種重新結構的方法，一面嘗試紀實一面反省了紀實，亦同時是一種構思和整理的過程。

一九九三年十二月十七日，原刊《信報》

“我是剛來的……”
——記舒巷城

友人告訴我舒巷城先生去世的消息，對座正有人在說最近耗巨資的香港文學研討會裡，有好些論文好似不知香港過去有過什麼人做過什麼事。友人告訴我說舒巷城先生獨自在家裡，洗好了碗碟、換好了衣服，坐在椅上等太太回來的時候，安然逝去。

想起最近與班上同學重讀舒巷城五〇年代以來所寫的短篇小說，從這些舊作品裡還是找到不少新意。〈鯉魚門的霧〉裡的水上人梁大貴，回到闊別了十五年的故地，找不到昔日的故居和親人，碰到一個客家婦人向他問路，他也不清楚，只好回答說他也是剛來的。

舒巷城一九二一年生於香港，在西灣河一帶長大。他在抗戰時回國，走遍了不少地方，戰後再回到香港來，所以也有人誤以他為“南來作家”。他很早就在短篇小說裡寫到鯉魚門、西灣河、香港仔、“三十間”等地方。也許因為這原因，不少論者把他稱為香港的寫實派與鄉土派。但如果細讀，就會發覺與同類作品相比，舒巷城的視野和寫法都不囿於狹義的鄉土寫實。由於閱歷和閱讀上的開展，他的小說正是有種入乎其內出乎其外的不黏不滯。

〈鯉魚門的霧〉裡霧的縈繞不散、〈雪〉裡面雪的意象層層轉化、〈喇叭〉的敘事、〈鞦韆〉的對比、〈吵架〉的對話，在在顯示舒巷城熟知現代小說三昧，不過卻選擇用比較樸素的方法去寫普通人生活。他讓他的角色回歸故地吶吶地說：“我是剛來的……”其中有掌握到家的分寸，多一分變成苦澀的控訴，少一分則會變成傷感的懷舊。

這種人情練達而來的分寸，我想是舒巷城現代感所在。選入《香港短篇小說（六十年代）》的〈第一次〉寫一個從澳門來港作案的男子，好似寫草根階層，卻用力於心理描寫，其中還有意識流般的夢境。難得寫來舉重若輕，毫不突兀。舒巷城的小說本身其實一早已經超越了某些二元對立的框框了。

八〇年代中我曾為中華文化促進中心主持了一年多的每月詩會，先後邀請了不同詩人和詩刊朗誦和談論作品。我特別想邀請舒巷城先生，他也應邀參加，並且少見地暢談自己的詩作，尤其談到對古詩和粵曲的吸收，到最後還唱了一段粵曲。那是我們談得最暢快的一次。之後多年來我數次請人聯絡主辦當局希望借錄當年的錄音帶，公諸同好、記錄成文，都不得要領。希望有權勢者能珍惜保存當時的錄音帶，不必對過去的資料一口否定。

後來舒巷城先生在港大經濟系做研究，有時我黃昏放學，碰見他走上來，大家總會停下來談一兩句。然後我目送他孤獨的身影走上斜坡。我尊重他不黨不群、善良而樂觀的氣質。

近年來，文壇惡劣的氣氛愈加嚴重。舒巷城先生似更沉默了。面對險詐的權勢，大概他重來也只能吶吶地說：“我是剛來的……”

一九九九年四月二十六日，原刊《明報》

也斯攝影：人物系列（左起：林振明、陶然、蔡其矯、舒巷城）

電車的旅程

許久沒有回去春秧街街市了。在擠迫的店舖中間，突然從天而降擠出一所酒店。趕去見被我自作主張安排住在這兒的法國友人，經過童年上學走過的街市攤檔，幾十年也沒完全改變。但歲月也不是沒有留下痕跡，站在酒店門前的缺口，可見對面房子煙薰塵聚的黑痕。兩位興致勃勃的朋友，走過看見桶裡的游魚、雪櫃裡的大閘蟹、盆中的蠶豆，眼睛簡直應接不暇。北角當年有小上海之稱，我記得傍晚時分上海館子生煎包的香氣、還有南貨舖酸濕香甜的氣味。當年好似有較寬敞的空間。櫥窗裡擺放麵包和巧格力的白俄餐廳。穿着白色婚紗模特兒的蘭心攝影室，張愛玲曾在那兒留影。我大概知道張愛玲和五〇年代南來文化人住在哪裡。英皇道，走上去是安靜的堡壘街。但如今，我的外國朋友指着電車站對面一枝電燈桿那麼瘦長的新大廈，好似問我那是真是假？那丁方小幅新空間，是上帝從天

也斯攝影：櫥窗系列

也斯攝影：都市系列

上插下來的針，裡面真的可以住人？

我該怎樣帶你認識我的城市，當上天和地產商把它變得對我愈來愈陌生了？來到電車總站，不如坐上電車，隨着它緩慢的步伐，走到哪裡看到哪裡吧。我也不知我們會看到什麼。我以前常想為它分辯，現在我不想為它分辯。指責和雄辯的聲音都變得怪怪的。不如看清楚一點。即使外來的朋友，偶然的觀察，也許未嘗沒有意思。我們的法國作家，架上黑眼鏡，一邊向我解釋：眼鏡破了，現在只有架上黑眼鏡，才看得清楚。你會帶着對科幻小說的興趣，想像一個奇怪的未來世界？肘邊擦過屋宇，那麼近，嚇了一跳！手臂差點沒有了。你在尋找一棵樹？我向你保證，會有一棵樹的，在跟着下來、一個叫做維多利亞的公園裡。至於那位老太婆和她不幸的鼻子、被迫當作象徵而披上時髦的紅漆，也不見得就喚起了殖民地的歷史感。還有對面那幢恍如天賜而大家都不大滿意的大樓，我們就略過那些醜陋的細節算了。你注意到那些虛應故事的仿古。該有窗的地方卻豎了巍峨的大柱。裡面該有的冊頁會不會也沒有而只豎了大柱呢？將來開幕以後再去看清楚吧？也許架上黑眼鏡會看得更清楚。

在銅鑼灣，你看到拐彎處一個小小的空間，光容得下一棵樹的，不禁笑起來了。這就是我們的廣場？唔，不要笑，這兒曾是電車拐彎的地方、聖保祿女生圍坐吃零食的小店、鳳城茶樓、亞洲出版社。這兒也曾是某些文化累積的雛形。在這兒旁邊的豪華戲院，我看到路易馬盧的《馬莉亞萬歲》，珍摩露與碧姬芭鐸參與墨西哥革命。在對面的樂聲戲院，看到積大地的《糊塗舅父》，然後是一齣譯作《慾海驚魂》的黑白法國片，你第一次聽到高達的名字，又被短頭髮認真卻溫柔地唸着福克納的珍茜寶迷住了，直至我們發現了四座被片名吸引而來的觀眾的不滿。你散場出來帶着莫名的興奮。如果知道多一點這地方的歷史，這兒也未嘗不可説是個我們的廣場。

路都不是筆直的。電車也不總是筆直往前走。在銅鑼灣，它顛危危轉往波斯富街，轉彎時好似不勝負荷，隨時要晃倒下來。但它還是踅過了。我們坐在車上，想過轉車，但又還是留下來，跟着它轉進跑馬地，想經過了擠迫的大街，那兒或許有另一番家居的風景。

意大利家具店、聖保祿中學、阿美高餐廳……你想知道這兒有墳場嗎？有！市場？醫院？墳場？全在前頭。人生需要的東西，差不多都在了。車逐漸慢下來，我們看見迎面而來的人潮。車在綠茵旁邊停下。是賽馬散場。原來今天是賽馬的日子。對大部分人來説，這才是人生最需要的東西哩。

那便等吧。我們這些其他的人。老在等。等人潮過去。等風暴過去。等樓價下降。等災難過去。從跑馬地到天樂里口。一直在等。電車走走停停。從誕生的醫院到墳場，都一路搖過去了。天色愈加陰暗，你只看見幢幢黑影。馬會的大樓。新華社的大樓。今天前面空無人影。靜靜的街角。再吃力往前搖，又停下來。

車停在兩旁的高樓之間。好似走不動了。親愛的遊客，你這一次真的有機會去體驗本地人的生活了。包括日常瑣碎、沉悶，避不開又無可奈何的一面，你在想什麼？

灣仔這邊有些舊樓。不是最舊的那種。你想看廟宇、蘇絲黃、人力車、酒吧或是大牌檔的灣仔？這要看你拐右還是拐左。如果你執着於現代主義，

（上）（下左）（下右）也斯攝影：都市系列

（上）（下）也斯攝影：櫥窗系列

也斯攝影：都市系列

我們可以去看包浩斯風格的灣仔街市建築，被一眾庸俗的雜貨檔弄得失去性格了。合和中心還在旋轉嗎？抑或已經變成生鏽的旋轉門？我也沒有細究了。家居的籐椅、窗簾和軟枕。蒸炖燜的家常。灣仔不再是蘇絲黃了，但大家記得的還是蘇絲黃。

我跟隨你黑眼鏡後的視線望向兩旁高樓的尖頂。然後我也仔細看看那些小小的窗戶、那些屋頂奇怪的裝飾。真好似從未看過，從未從這樣一個角度看過。你黑眼鏡後異鄉人的角度，也給我們原以為熟悉的風景帶來了陌生。

“為什麼巴士都是空空的，而路上卻擠滿了汽車？”你就會，比方說，這樣問。

車停在路軌上，好似永遠去不到什麼大佛口了。你大概也注意到大家行色匆匆，卻又沒有太多活動的空間？

你可會對太古廣場的時裝店感興趣？對貝聿銘如何在斜坡上建起竹子一樣的中國銀行感興趣？你可想去中銀舊址的中國會看收藏的政治普普、去長征吧喝一杯？如果你幾年前來希爾頓酒店的摩羅街喝過馬天尼，現在你會驚覺它消失得不留痕跡，只有地產商是永遠的。殖民地建築聊備一格，英國人的木球聲變得聽不見了，只有地產商是永遠的。

你的黑眼鏡後的視線，有時停在一點上，有時移開去。你看着這號稱後現代的由福斯特設計的銀行，人才和建材從各處湊合運來。內外上下的邊界模糊了，只留下一對失勢的獅子看着門——可門也不存在了。若果你知道多一點這地方的歷史，你會知道，這兒過去作為英資經濟和權力的中心，前面的廣場不容許蓋建高樓。而現在，廣場上坐滿了人。來自菲律賓的女傭每周

也斯攝影：都市系列

一日在這兒聚會，帶來食物和飲品，唱歌跳舞，寫信談天、買賣日用品，興致高昂地傳教和抗議，把這兒變成了每周一次的嘉年華。這比一幅有女王像的廣場對她們更有意思。都市這幅空間是沒有生命的，端看活動的人怎樣使用它，不斷改變它，把它改變成現在的形狀，改變成她們的廣場。

你可有興趣去尋找另類的空間？沿着行人電梯上山去，可以看看兩旁的房子，看看流動的電梯改變了我們對這一帶風景的看法。你突然問："有什麼地方可以看到一些本地藝術家的作品嗎？"

有的。我們待會且走下電車，走上去，去找一些不要太偏狹太排他的空間、一些可以看到更多不同的生活和風格的、一些不會太封閉的空間。

現在，電車依循它的老軌跡，繼續搖搖晃晃地前進。它經過消失了的舊郵局、經過消防局的舊址、經過關了門的中環街市、整過容的萬宜大廈，正在向上環和西環的舊區駛去，在那兒，你還可以看到一些唐樓：那些高四、五層、樓下是店舖樓上是住家的舊樓，仍然帶着戰前上海與廣州的風格，宣示了它與過去的聯繫。

一九九九年十一月八日、十五日，原刊《明報》

安文的銅鑼灣

安文剛學講話那段日子，對門一家老在裝修。本來是安靜的住宅，那時賣了給新業主，開始裝修成供中台旅客短住的寓所。每天裝修工人進進出出，搬運磚塊和木板，門邊一地的灰，屋內傳來沒完沒了的鎚鎚敲敲，最響亮還是電鑽的尖鳴，滋滋的聲音抑揚頓挫地叫下去。

周末帶她到赤柱去，走過一列綠樹，蟬叫得正熱烈。她停下來聽，高興

（上）也斯攝影：都市系列（下）也斯攝影：人物系列

地說："牠們在裝修！"

是的，安文不是在大自然中長大，最先接觸的並不是山丘和河流。她唯一接觸的是嫲嫲在小陽台上的種種盆栽。透過四周高樓漏進的陽光，把葉子照得深淺有致，偶有偷食的鳥兒在其中穿插。幾層樓下，樸素的橫街後來變成食街，又再變成名店坊。名店坊生意好像並不怎麼樣，於是又再變成一列新食肆。夜晚在高樓上還可以聽見下面帳篷底下傳來西班牙食物節歌舞和嘩笑的聲音。

安文到外面唸書以後，每隔一年回來，總覺得銅鑼灣又改變了。問最懷念是什麼？答是大丸。大丸要拆的時候，大家都說安文一定最難過。大丸是安文的小花園。每次和嫲嫲去維多利亞公園，都連帶去逛大丸。從家庭電器到墨魚丸小吃雪糕到叮噹水壺到各種小玩意電動車，一切都熟悉不過，簡直就像家裡一樣。提起當年師傅用糖做了一個叮噹送給她，不禁要扁起嘴喚一聲："大丸呀……"

離開香港的時候，滿街都是美少女戰士，去到北美，也是英語的美少女。不過最喜歡倒不是什麼華衣漂亮又激情變身的木野真琴月野兔火野麗等人，而是剛開始播映的可愛的櫻桃小丸子。回來看嫲嫲錄下的小丸子還是看得津津有味。看到暑假快完，全家要為小丸子趕暑期作業，大家都覺似曾相識，又引以為戒。

銅鑼灣的大街小巷好似變擠迫了。再走在路上，真有點像爺爺和小丸子在街上環遊世界，到處都是來自世界各地的名字。日本的影響尤其明顯，什麼味千拉麵、血紅的地府拉麵，還有時代廣場附近巨大的一串四兄弟。不過安文到底長大了，沒有那麼容易受到誘惑，也不會鬧着要買零食了。她像個大女孩般在家裡剪剪摺摺，把報紙摺成掃帚、壞了的輪子做成滑板、沒用的帶模機變成照相機，喊一聲：“好多玩具呵！”

在愈變愈擠迫的維多利亞泳池裡，我們嘗試發明一種新的泳式，要慢慢隨機應變，游過瘋狂的人群，不要踢到他們，也不要被突然衝過來的人撞個正着！

一九九九年八月九日，原刊《明報》

也斯攝影：都市系列

又一城，又一番風景

你離開才幾年，但香港的變化真大，轉眼間又一個購物商場，在又一個不同的地區裡。大家都說這可好了，這一區過去都是時鐘酒店，這下子可來點正經的。熱熱鬧鬧，年輕人至少也多個去處嘛！

要是地下電梯能降到地層的深處，有記憶的人會呢呢喃喃：本來也不是時鐘酒店特區呀。在過去，是知名的安靜住宅區。有兩三層的洋房、美麗的

也斯攝影：都市系列

也斯攝影：櫥窗系列

花園、還有縱橫曲折的幽靜小徑。有新搬來的學院。不光是這樣，更早的時候，還有有心人在這住宅區推廣文教。關社認祖的激辯。慷慨悲歌的激情。安居的花園洋房籬笆內舒伯特琴音外，傳來了年輕的粗獷的懷鄉歌聲，未嘗不是另一種風景。

到了七〇年代，電視台的影響開始把大家的口味逐漸統一起來的時候，還有另外一些初出道的人，從廣播道下來，嘗試把映像和文字，探向正在變化的街頭現實，在主流的傳媒裡面，也帶入了另外的風景。

如今，行人電梯往上移動，金屬的反照倍增走動的人影。數不清的人影，說不清的活力，又是一番風景。你匆匆掠過迎面的人潮，跨上另一台電梯，在人群間左穿右插。遲了。你已經遲了。電影已經開場。來不及了。你匆匆一瞥高大的長頸鹿、張嘴的鱷魚、所有熱帶雨林中的煙雨和樹妖。葉壹堂。又一棧。翰騰閣。住好啲。從 Hugo Boss 到 Vivian Tam。又一款名牌。又一道電梯。來不及細看了。穿過溜冰場的年輕人，又站在電影院年輕人的人龍後面。

電影已經開場。年輕男子追蹤去到地下的士高。那兒有另一個世界。渾身顫動的搖擺不止、毆鬥和藥丸。影評說女主角寫得太壞而男主角寫得太好。不見得是這樣。男主角是比較善良。但也不是不合情理。他跟女主角好了以後心裡有點動搖想要逃避，也未嘗不可以發展為比較人性化的探討。倒是那女主角，被塑造為邊緣性的角色以後，好像就變得平面化了。

比較難以信服的，是回到大澳的一場。她當面指斥當道士的父親裝神扮鬼，在眾人面前拆他的台。不用多久你就可以發覺：這電影裡的年輕人都是可愛的，而父母都是壞人。這父親的角色尤其典型。還要安排他最後悔過：自稱五十歲才學習做人。到底他反省了什麼？當女兒義正詞嚴地指斥他做道士騙人，大家都不免有點尷尬：原來年輕人是這樣道德的麼？真可惜電影無意挖入真心話可能帶來的曖昧境地。我們散場出來，又碰見溜冰場上滿場開心的年輕消費者。

一九九九年八月二十三日，原刊《明報》

灣仔的鬼魂

不管從哪裡開始，都是一樣的。走路就是玩連線的遊戲。我們怎樣把地圖上的點，翻譯成現實裡那些熙攘人潮遮蓋了的十字街頭？剛看了藝術中心的展覽，從一面大牆上一堆名字和年份，如何翻譯成燈光燦爛車流縱橫的一個地區？難怪來自外國的小說家總忍不住問：這個路口就是剛才說的鬧鬼的地點嗎？

也斯攝影：都市系列

不是，但這兒總是陰魂不散。口述歷史裡充滿了亡靈憂怨的眼神。日軍佔領的時候，酷刑造就了許多冤魂；到了盟軍錯炸，英京對面的三角街又產生了數百個枉死鬼。如今，當年日軍的司令部和集中營，要老一輩的人才能說得出在哪裡了，英京茶樓和東方戲院也不是年輕一輩知道的了！新的大廈建起來，掩埋了種種恐怖和辛酸，戰時動亂的生活、戰後和平的生活，都像在一層土上又鋪上另一層土，再鋪上另一層土，建上一座新建築物，改一個新名字。那些舊名字，正如舊人事，也就變成無主孤魂，沿着蓋滿新樓的街道飄盪，找不到一個可以安息的地方。

也斯攝影：都市系列

是的，我們小時候，也聽說過東城戲院鬧鬼了。沒人敢進女廁去。萬不得已的時候，也是聯群結隊的，互相照應。口述歷史裡都充斥遠年的鬼故事：一個愛踢足球的警察，有一天，巡到偏僻街頭的一角，忽然滾下來一個足球，舉腳要踢，一看，原來是一個人頭！

難怪我們的外國小説家要問：現在還有那麼多鬼故事嗎？那時我們正轉下樓梯，走下樓下的展場。好像沒那麼多了，我想。説起來，真的，好像沒那麼多人在説鬼故事了。小時候聽《夜半奇談》，長大後也看過報上的“四人夜話”，但現在，好像都不流行這些東西了。樓梯轉角那面牆上正放着錄像，一邊是阿嬸阿伯在口述歷史；另一邊，好像是一齣西片。有人在一堆人群中奪路奔跑，看清楚了：是威廉．荷頓！原來是我們的蘇絲黃。這也變成是我們歷史的一部分了！

旁邊銀幕上阿伯正在説美鈔的故事。當年酒吧裡管廁所的人，每次有美國水兵進去，就叫大家把廁所紙收起來，到他要用，就要用美鈔交換！結果就是這樣賺下了不少美鈔。

你看，老是鬼魂和廁所的故事，還有不光彩地賺取的美金，都是我們的歷史呢！帶着外國朋友經過灣仔，免不了都會走過路上的酒吧。你沒法躲避蘇絲黃的歷史。今天的艷照還端放在櫥窗裡。

我們還有別的什麼吧？樓下的展場桌上放着一堆書本。總可以看看不同人筆下和鏡頭下的灣仔吧？我一翻書又無言了。草草收集起來的一些書本，有些有名的作者，有些時髦的書，跟灣仔卻不一定有什麼關係。我忽然想，幾十年來那麼多寫過灣仔的文字、拍過灣仔的照片，會不會一下子都變成了不存在的幽靈？

每次提到灣仔都提到與鬼魂有關的事。病了好久的老人家不喜歡留在醫院，寧願在家裡過身。到時候，遺體要出殯，可不能經過隔離鄰舍。（我們可以想像那些竊竊私語的聲音，那些在暗處窺伺的眼神。）那便搭一堂樓梯，從室內連到大街。唔該，借歪。唔好意思！好了，然後，孝子賢孫，吹號打鼓的，浩浩蕩蕩走前去，一下子走滿整條街。像嗚咽又像哀號的樂聲，震動了街兩邊樓上的住戶，一雙雙的眼睛從窗後面窺望下邊。

這出殯的隊伍，要一直走到哪兒去？

從女童院，到海軍醫院，再出去，已經是海皮了。

（左）（右）也斯攝影：都市系列

（左）（右）也斯攝影：都市系列

有墳場，在內陸地段四十七號，但那是給基督教和天主教教友的。

在這街頭，火光熊熊，把金銀衣帛都投進去，燒給你剛過世的幽靈。然後，還有穿過的衣物呢！這套衫褲，這件棉襖，還帶着身體的溫暖，還帶着肢體的形狀，投進去，投進去，化作片片火光，溫暖了剛走下陰界、感到冷風颼颼的一個孤獨的身體。

木枱上擺放了飯菜，回魂之夜，我們還聽見碗筷乒乓作響，你聽見有人喝湯添飯，離去時又帶翻了條櫈。翌日早晨，你什麼也看不見，只見隔夜的雞頭上黏着一片紙灰！

如今的鬼節，在路旁散放的白飯、芽菜和豬肉旁邊，又再燒起金銀冥鏹！

百年的鬼魂回到大水渠邊：但見水渠都已乾涸！現在頭上蓋了天橋，天橋也蓋了好久了！火燭館還在？大三元老早就不在了。以前醫館的石級走下了去，已經是海皮！後來可是一百年的填填補補，蓋起了幢幢怪相的高樓。其中簇新的一幢，看來像一頭想飛的甲甴，前面還有金元寶，又有大旗桿，惹來不少熱鬧！

也斯攝影：灣仔雀鳥寵物行

老是毫不留情地拆去舊居。一條以印刷喜帖出名的利東街、歷盡滄桑的藍屋、包浩斯風味的灣仔街市。所有這些有一天都要蕩然無存，連同種種人事，變成沒人記得的野鬼幽靈？

百年的鬼魂！走過春園街，剛好碰見一個番鬼的鬼魂正在那兒徘徊！黃谷柳的人物不願摹倣外國水兵說英文：“標蒂芙嬌魯，屯蒂多勒？”*民族主義的鬼魂，聽到了掉頭就走，真是冧佢都嘥氣！鬼佬不知道般咸總督的官邸早就沒有了？有錢鬼佬的泉水花園早就沒有了！這蠢鬼看來連這兒後來變成為食街也不知道！睇死佢未食過東風螺同炒田螺！鬼佬的鬼魂不知道，連他們的墳場也早搬到跑馬地了！

接到剛抵達的外國攝影師，他飛了半個地球，現正受時差所擾，疲倦不堪，我想帶他們看我們過去的藝術影院新華戲院（已經快變成鬼魂了！），我們的好電影書店 P. O. V.（還只有幾天壽命了！），他什麼都不感興趣，只想坐下來，喝一杯可口可樂！走往餐室的途中，他游目四顧，看着艷照的櫥窗，脫口說出：“標蒂芙嬌魯！”不知怎的，我的民族主義的鬼魂，聽到了又再忍不住蠢蠢欲動，就想要提出抗議了！

再燒一些金銀冥鏹，給這種種鬼魂！

二○○二年一月二十八日、二月四日，原刊《明報》

*註：“Beautiful girls ! Twenty Dollars ?”（“漂亮的姑娘，二十塊錢？”）

懷念國威

李國威在一九九三年初離開我們，留下兩本散文集《只有今生》和《猶在今生》。這兩本書主要收集他九〇年代初期在《星晚周刊》的專欄文字，大家正在欣賞書中的才情和感性，作者卻得病進院，病情反覆，連綿數月，終告不治逝世。

李國威留下不少未結集的文字，我們整理他多年遺作出版，在私人角度看固然為一位我們懷念的作家整理散佚的文章留為紀念；從宏觀的角度看，亦有助我們理解香港作者從七〇年代初開始，如何融匯消化現代西方文學與中國文學，從事散文創作、文藝賞析、編輯書刊、社會採訪與新聞報道種種方面的才華。

李國威在六〇年代後期開始創作，最先投稿《公教報·文壇》，中學畢業以後，自己讀書進修之餘，亦從"創建"師友遊，在《中國學生周報》和《盤古》發表詩文。我們現在回看他六九年下半年在《香

港時報》的"魚網集"專欄，以及七○年開始在《中國學生周報》執筆的"魚眼集"專欄，可見作者談文説藝，也是對人生某些素質的朦朧追尋；從介紹到評論，也是從眾人的説法裡逐漸探覓自己的看法。英文中學的訓練幫助他閱讀和翻譯外文書籍，不完全認同民族主義者比較排他的口味，閱讀外國文學有助他擴闊眼界。像那一代受《中國學生周報》影響的朋友，他也對電影發生過興趣，但他心中的理想恐怕還是占姆士．雅基書信那種有藝術敏感有文采的借題發揮之作。他用情最深着墨最多的還是現代詩，從巴斯特納克、愛瑪托娃、耶士夫欣可、塞飛雷斯、奧登、湯馬士、史班德、賈萊爾，到勒堅、曉士、根恩、普萊斯等，始終是他反覆吟誦的詩人。

七○年代是國威的成熟期，從離家到長洲到在青山居住，由戀愛結婚而至女兒誕生，他最成熟的情詩如《曇花》和《我可以這樣》也大半寫在這個時期。從自由投稿人變成進報館從事翻譯工作，也曾一度當過編輯，掙扎於責任和理想之間；從自我抒發的詩和散文開始，他也逐步試寫小說、翻譯、評論，為雜誌採訪各行各業的人物；本來是個浪漫的詩人，也逐漸發展成傳媒中一個專業的新聞編輯了。

他給我們留下的"有感有思"的散文，依稀為我們勾勒出這時期生活的一些輪廓。七〇年代初回鄉，半帶關切半帶好奇，也是我們一代人的經驗，李國威以他獨有的溫情，以及微帶自嘲的現代反諷，細膩地寫出了認同之餘的距離。成家以後在電視台從事新聞工作的情況，他在一九八四、八五年《快報》"五方集"的專欄裡留下一連串鮮明的素描。那時他從事新聞工作已有一段時日，對工作駕輕就熟，與同事合作愉快，也從新聞編輯中找到工作的意義。我們從他這輯散文中，見到他欣賞的人物，都是有個性有才情的人，既把工作做好，又有幾分生活的豪情，也跟作者自己的個性有幾分相似了。

可惜好景不常，過了不久，由於人事和健康的關係，他終於不得不離開了喜歡的新聞工作，轉調到電視台屬下的博益出版社從事編輯工作。對於這工作，他起初大概也有點擔憂和沮喪，但後來做下去，也證明他始終敬業樂業，從限制中發揮了最大的作用，在一份需要兼顧與妥協的工作中帶入了創意、賦予它新的尊嚴。

他在博益，除了繼續出版暢銷的流行小說及與電視台有關的各種生活與娛樂書籍，亦想做一點什麼。那階段我剛從美回港，不只一次，我們在閑談中讚賞那些有眼光有心意的出版人之際，亦同時討論在目前香港的商業限制之下可以做什麼。我覺得不妨留意大陸和台灣的作者，也可以肯定香港的聲音，嘗試既有可讀性，也有新嘗試的作品。我們的討論也有了結果，他在八〇年代中開始推出中國大陸當代作家如張辛欣和黃裳、台灣作家如李昂、香港作家如顏純鈎等的新作、《號外》第一代作家寫香港較有新意的城市系列，在譯介外國作品方面亦在流行之餘帶入更多不同類型的生活與知識性的品種。國威的妹妹在美國一家大出版社工作，常給他寄來外國新書、書評雜誌和出版人傳記。除了擴闊品種以外，也想在習見的專欄結集中找一點新意。黃碧雲、邵國華、艾黛諸位第一本比較清新的作品是博益最先試出的。村上春樹也是我們閑談討論中提出來的名字。如果我們回看他六九年散文中對《純文學》訪問三蘇似乎頗有疑慮，那麼二十年後這位耿介的年輕作者和整個香港文壇恐怕都不得不在種種磨練底下變得更成熟更包容，一方面自覺在整個商業取向的社會中無法唱高調，但另一方面亦未必就徹底媚俗，仍然想在大眾文化中發展多元以及較有意思的類別。

最好的例子見諸他積極推動及策劃《博益月刊》的出版，這亦是嘗試雅俗共存的文藝刊物；配合刊物的出版，亦辦過小說比賽。可惜刊物只出了十多期，終於在八九年夏天以後結束了。整體上基本遵照出版社固有的路線，李國威並沒有標新立異、孤芳自賞，他只是踏實地作一些試探，真去做一些雅俗共存的實踐，因而也曾打開空間，為其他人帶來機會，現在回顧還是可以看得出來的。

他本人並沒有什麼頭巾氣，愛讀偵探小說，在《明報》翻譯《教父》的原著或在文藝園地譯詩，都同樣講究文采。在出版方面，也認真對待種花、養狗、烹飪的書本。以我親歷的經驗來說，他對一本書的出版，從策劃到內容分輯、到封面包裝、作者介紹，都親力親為，或提出意見，務求做到最好。在他身上，你會見到一個尊重文字和內容、尊重書本素質的編者。這編輯的經驗，其中的準則與分寸，也是他從七〇年代開始，逐步從實踐中累積回來的。在編輯之餘，他亦寫下不少前言後語、訪問記事、辯析問題的文字。

李國威另一方面的發展，是他對新聞工作的興趣，令他寫下生動的專題採訪文字。文學工作者對廣泛的人生百態有興趣，採訪是去了解另一個生命、另一種行業或另一個階層的好方法。《中國學生周報》和《大拇指》等的採訪帶着年輕人的自發與好奇，《南北極》這種雜誌有更多專業的要求，但無疑這些練習，都幫助易感的詩人從自我出來，認識別人，擴闊了自己的世界觀。

李國威作為文藝報刊的編輯，有時也自己訪問文藝界人士，寫下評論感想。但更特別的是也寫作了從漁民到富商、從佳視到賭王的一些專題報道。其中有些可能是新聞工作需要，有些卻顯然是作者自己的愛好。比方胡國雄就是國威最喜歡的足球明星，他也曾購票請我們去欣賞胡的腳法。執筆訪問他的偶像，當然是賞心樂事了。

《南北極》時期寫得最好的報道我想是〈廖秉漢生前死後〉，以文學筆法，

也斯攝影：都市系列

寫新加入警署的中大學生廖秉漢離奇墮樓死亡事件，作者重臨現場，細緻描寫，又結合採訪得來的種種資料，交錯組織，把疑問層層引申，指向司法和執法的機構，其中有打抱不平的正義感，亦有文學的細膩和意在言外的含蓄，實在是報告文學的代表作。李國威的報道並不是沒有主觀成分，但做得好的時候，像在寫廖秉漢一文中，讀者看到作者的是非之心，亦有生動的細節和充裕的舉例，層層剝露，輾轉把讀者引回事發的現場，令大家重新思考，有所關懷。

過去不少人說大陸和台灣都有報告文學，唯獨香港沒有，其實像李國威所寫這樣的作品還是有的。在傳媒日趨煽情和寫作日趨功利的今天，重讀當日這篇文字，實在另有一番滋味。這篇文字頗有小說筆法，新聞工作和文學創作是李國威的兩種所愛，他在作品中也連結兩者，除了報告文學有文學手法以外，文集中選刊的兩篇小說亦有新聞題材。

七○年代的作者，一般家境不見得富裕，繼續求學深造的機會也不容易，所以往往自學進修，或通過新聞或社會工作擴闊自己的眼界。他們未必有很多機會讀書、發表或出版，但自己經歷艱難，也願意從事翻譯介紹新知、從事編輯報刊開闢園地、寫作評論以鼓勵或批評，希望有更合理的空間可供大家舒展。我常常覺得國威是七○年代的作者，包括他比較浪漫和理想的人生觀、比較耿介和率性的人生態度。但我亦同時更正自己說其實國威亦活過了充滿劇變的八○年代，甚至九○年代的開頭幾年，他逐步開展了自己的世界，亦嘗試作出調整，也用逐漸成熟了的文字好似預知地在《只有今生》中為自己的一生點染了基本的色調。

看完了感性的文字，我們可以在他另外這些報道和雜文中看到他整體發展的過程，感性以外的知性一面，除了自我觀照以外也有觀察世界流露的見識、體察眾生流露的人情。

九〇年代是他最成熟的年代，也最可惜他在此時離我們而去，有些未說完的話我們再也聽不到了。二十多年前年輕作者在執筆沒多久就提到了死亡，引詩說："一位可愛的朋友離我們而去了，／我們熱愛的聲音消逝了，／可是信心和記憶仍舊引導我們前進，／他是活着的；他沒有死。"他終其一生屢次引用戴望舒的句子："這些好東西都不會消失，／因為一切好東西都永遠存在，／它們只是像冰一樣凝結，／而有一天會像花一樣重開。"仍可以再一次迴響為他的文集作結。

《李國威文集》的編成，有賴青文書屋出版人的支持、"文化視野叢書"編輯部幾位年輕編輯費心整理、資料搜集員翻尋舊報刊，亦得到海外和香港國威不少朋友、國威遺孀露露和女兒有思的支持和關心。我想我們都覺得國威詩文令我們想起那些不會消失的好東西，我們的朋友活在我們的懷念中，仍會繼續通過他的文字與我們說話。

一九九六年七月八日，序《李國威文集》

說故事的人：海辛

聽說海辛和林蔭去世了，你知道他們是香港的作者，卻奇怪傳媒沒人提起。在世界閱讀日，傳媒頌揚奇怪的書本，彷彿那是大家早該熟悉的，而在香港寫了幾十本書的作者，在本地卻成了異鄉人。

在雄仔叔叔講故事的場合，來了教師、社工、傳媒和城市策劃的有心人。想說社區的故事，像九龍城——好像沒有人寫過？我說："林蔭寫過《九龍城寨煙雲》！"（其實，連《記憶的城市．虛構的城市》也寫過！）

海辛寫過廟街、寫過香港仔鴨脷洲，他寫塘西三代名花、李碧華寫過胭脂扣。歷史，不是今天開始；社區的故事，當然不是今天才開始的！

其實，我印象深刻的，是海辛筆下漁民逐漸上岸的漁港；是農田逐漸荒廢的新界。

生活經驗厚 舊式說書人

海辛愛寫市井人生，他的確夠資格做個舊式說書人。跟當前流行的書齋裡的小說家形象相反，海辛的生活經驗毫不匱乏：他當過酒店侍者、理髮學徒、學做麵包西餅、在工廠當工人、下田裡耕種。他能寫的人物和背景特多，故事特別多姿多采。他寫甘草演員、裁縫、園丁、撈海沙的人、賣水果的人、養鴿人、戲棚的戲子、鎖匙王、鴨司令、啞姑，他寫小市民持着鳥籠去喝早茶、在公園裡下棋、在海邊閑談，彷彿為我們繪就一幅幅風俗圖。

海辛多年來的作品，不少發表在《大公報》和《文匯報》，又或者由藝美、中流、上海書局、海洋文藝出版，一向大家把這歸於左派陣營。事實上在國內改革開放之初，八〇年代初廣東人民、花城、友誼出版社還謹慎地挑選同路的香港作家時，海辛亦是被挑選的少數作者之一。

但當然廣義的左派陣營亦包括參差不同的聲音，有關心貧苦大眾的人文立場、亦有狹隘排他的教條思想。海辛這些熱愛寫作的作家介乎兩者之間，受後者影響，但自發開朗的寫作更偏向前者。

今日回看，海辛的寫作既有砂石也有珍珠。比方〈騎腳踏車的人〉，接近中聯電影那種小人物相濡以沫的故事，寫來自然，還是非常感人的，又如〈再來一次航海〉寫爺孫感情，那種天真開朗，也非常動人。

但有時整體的把握也不容易，如〈染色的鴿子〉一篇，前面五節對鴿園也對戲棚後台具體描寫栩栩如生："那些頭紮黑布、身披厚棉夾子，對鏡塗顏抹彩的老倌們；那些把長髮結成高髻，插上閃光珠飾的花旦；那些搬枱搬椅，扯畫幅襯景的後台工作者；那些手拿刀劍的兵卒；那些分佈太戲台旁邊的音樂班……構成了一個我眼中的現實的童話世界。"

寫年輕人的愛情也寫得自然，但到了第六節，為了要寫城市社會的染缸如何"把一個鄉村孩子的生活面貌塗改了"，女主角長大變成樣版的貪慕繁華的花旦，完全沒有心理的發展，描寫也沒上文細緻。男主角突然撕掉支票不受收買，站到道德的高地去了！本來前面廿四頁裡人物均衡發展、背景細緻鋪陳，可被最後四頁簡陋的對資本主義批判破壞了！

但在當時國內的評論者眼中，〈染色的鴿子〉卻代表了突破，被認為是他的代表作。這也可以看到當時主流的評論風氣了。

創作力旺盛 對生活好奇

幸好海辛本身是一位創作力非常旺盛的作家，而且對生活有好奇，對文學有廣闊的口味，所以也沒有完全被意識形態所規限。當豐富的人物和細節像粗獷的樹木抽長掙開了框框，我們也就有更多可讀的故事了。像〈鴨司令與啞姑〉、〈撈海沙的漢子〉，好似是通俗的愛情故事，甚至不乏向民間仙話傳說致意的地方，但讀來生氣盎然，活潑感人，正是海辛迷人之處。〈最後的古俗迎親〉更是把一個可以傷感懷舊的題材，寫成一闋舊俗的輓歌。海辛不光是寫實，他有開朗的視野，新奇的想像。〈搬船上山〉是德國導演荷索式奇想的一個街坊版本，〈鴨司令與啞姑〉不是拘謹的《養鴨人家》，把鴨隊伍浩浩蕩蕩趕過中區的大街，是元氣淋漓的反叛手筆。這些較好的短篇，大都收入三聯"香港文叢"海辛自選的《海辛卷》裡。

廣義的香港左派文學，當然亦有它的優點和貢獻。海辛最好的兩個集子，一是《染色的鴿子》（一九七九），是世界出版社經銷香港文學研究社出版的"海外文叢"其中一本，由梅子主編，叢書還包括舒巷城《太陽下山了》、劉以鬯《陶瓷》、陶然《強者的力量》、彥火的《大地馳筆》、譚秀牧的短篇集，是當時同陣營中水準比較整齊、編輯認真的叢書。

後來更成熟的選集《海辛卷》（一九八八）所屬的"香港文叢"則是來自北京的董秀玉主政時香港三聯的創舉。在三、中、商系統中三聯分工本是出版文學的，但過去只出版過"海外文叢"和"台灣文叢"，到這時才首次推出"香港文叢"，可見不同的視野和膽識。可惜出版不到十本，八九後董秀玉離去，這叢書就沒有出下去了。現在這套書在書店裡不見影蹤，其他如雙年小說選等文學書也不見出版，真是叫人懷念。

少了一位別有特色的小說家

海辛去世這麼寂寞，我惋惜香港少了一位別有特色的小說家。但為什麼這麼寂寞，也令我想到廣義的左派陣營，連着它的優點和缺點，也在我們不知不覺中猛烈移位了！再沒有人在我們頭上鼓吹批判資本主義的黑幕，好像大家都輕鬆世故了，但又好似有些看不見的東西在那裡運作。

我早上讀報，看到談中港台出版現況的標題，細讀才發覺原來寫的是最近在台灣幾所出版社的新書。在這樣的視野底下，像海辛、林蔭這類作者，不管寫得好寫得壞，又在另一種極端的標準中消失無蹤了！

我這是在宣揚本土主義以否定外來標準嗎？不是的，我記得二〇〇二年法國來的兩位朋友想了解當代香港小說，我跟他們介紹各種各樣的寫作，他們又看了各種選集，其中也對海辛和林蔭的小說感興趣，後來在《鐘與龍》這選集的十二人中也選了他們兩位。我記得帶他們到香港仔跟海辛喝茶。小說家弗朗西斯．密西奧（Francis Mizio）後來在一篇印象記中寫到：海辛在華富邨石屎樓前站起來拍照時，突然收斂了他閑談的歡快笑容，露出凝重嚴肅的神色。我想：這會不會也是我在他小說中所見的兩面呢？

至於當日翻譯的是那幾篇小說？我怕記錯，連夜借來許旭筠新鮮出爐的新書《香港文學外譯書目》一看：海辛的是〈沙灘彩樓〉；林蔭的是〈這一天〉、〈車站〉和〈晚晴〉。在普遍的冷漠中、在政治或商業權勢形成的新舊偏側底下，有時外來的意見也未嘗不可以為我們打開另一扇空間，帶來另外的看法。

三聯出版的香港文叢《海辛卷》，這套書在書店裡現已不見影蹤，叫人懷念。

二〇一一年五月一日，原刊《明報》

蘭桂坊的憂鬱

一九九四年五月，一位住在香港的丹麥詩人朋友伊歷嘉・居妮斯（Ulrikka Gernes）來找我，說她們打算在蘭桂坊的藝穗會舉辦每月一次的詩朗誦，邀請我參加。我當時因為要外訪，錯過了，結果是參加了六月的詩會。這群外國朋友自稱為 Partners in Rhyme，來自歐美各地，大多用英文寫詩，

（上）也斯攝影：都市系列
（右）也斯攝影：蘭桂坊系列

HAPPY NEW YE

i'm lovin' it

翠華
KFC
三聯
書店

mpions – Sweden,
duras will battle

Lan Kwai Fong
蘭桂坊
CARS

在香港從事不同工作，有在報館當記者，也有當酒保。他們其實過去在蘭桂坊另一爿酒吧“後九七”搞過詩朗誦，我也參加過。餐牌上還印明每月的詩朗誦節目，規定朗誦時不送酒上菜，每位朗誦的詩人送回兩杯免費酒作為報酬。

我這晚在藝穗會唸自己詩的英文稿，不免有點感慨。我當然更喜歡用自己的語文讀自己的詩，但近幾年來，有機會被邀讀自己的詩，卻往往是在外國，如在牛津的文學會議上，或者是在蘭桂坊的酒吧這樣“洋化”的地方。中文詩的寫作和活動，沒得到什麼支持。這自不免令人想到香港文化空間的種種問題。

無家可歸的詩

一九九一年初，突破出版社邀李家昇和我做一本以香港為題材的詩和攝影的書。我們很有興趣合作這樣一本書，因為我們寫過香港的詩，拍過香港的攝影，更想用一本書去組織我們對香港現在的看法。只不過我們不想像遊客那樣浮光掠影地獵奇，也不想單純地繪畫一幅健康樂觀的圖像。（要呈現

也斯攝影：都市系列

也斯攝影：物語系列

也斯攝影：都市系列

香港，總有那麼多問題！）出版社基本上同意了，只是說如果詩是難明的，或可補以散文的解說。八九年以後香港基本上已沒有出版社願意出這樣的書，我們都珍惜機會，希望好好做出來。那年夏天我得到獎學金，到紐約研究電影半年，家昇後來也到紐約來，我們又一起到東歐去，然後回到香港。書的輪廓在旅途中逐漸成形了：從香港開始，也看外面的世界，也從外面回望香港，希望從接觸和比較，可以進一步說說香港的問題。書名我們叫做《家》，因為香港是我們的家，因為我們曾經合作過的詩和攝影〈廣場〉連起〈家破〉和〈家具〉，合稱〈家〉，是對八九年發生的事情的反應。此外我們在旅途中也看過許多人的家，教堂像是信仰的家、圖書館是哲學的家，至於布萊希特和卡夫卡的故居呢，令我們想起這些藝術家怎樣工作、怎樣生活，怎樣置身在他們各自的社會和文化之中。我總是羨慕人家有一個舒適明亮的家，安放好書本、收集了各地旅行帶回的民間藝術、與來訪的朋友喝茶談天，晚上好好地靜心工作。在香港一切都像是過渡，大家搬來搬去、工作辛勞、前景迷茫，朋友移民他去，親人離散，總像難尋一個可以安穩地生活和工作的家。

我們帶着完成的初稿在九二年初回港，交給了出版社，才發覺情況已經不同。出版社的雜誌和書籍多少改變了風格。我幫忙編的兩本文學書，銷路並不好。發行方面有困難、有壓力。我們的書總之無法出版了。我可以理解，在香港目前的情況下也無法苛求。只不過，帶着我們對香港種種意見的詩和攝影找不到歸宿，散亂地扔在抽屜和影室的一角，變成無家可歸的詩與攝影了。

在香港，為詩找發表的地方一直就不容易。雖然不同圈子的愛詩朋友都辦過詩刊，一份停了又一份，像《詩朵》、《風格》、《秋螢》、《詩風》、《新穗》、《九分壹》等等，也可說不絕如縷了。即以家昇他們創辦的《秋螢》來說，由早年的油印到鉛印，停了又辦，辦了又停，改為海報形式，最後改為明信片形式，每期由八幀明信片連起來，印上詩畫，既擺在書店出售，也放在畫廊寄賣，希望讀者看了，還買來寄給朋友，也可說借助現代設計和媒介的特色，來推廣文藝了。在這些刊物發表，像在好客的人家作客，真有賓至如歸之感。但刊物關門，不同的意見逐漸難找地方發表，詩也就無處可去了。有政治傾向的刊物有它的限制、小圈子的同人刊物有它的排他性、不同的園地會有不同的把關者，吹捧他們自己那一套。逐漸你會發覺不是那麼容易說自己想說的話。結果可能寧願把詩發在非文學性的雜誌上，像《電影》、婦女雜誌《妍》、攝影雜誌《娜移》、文化評論雜誌《越界》等，為了要能暢所欲言，反而要策略性地把有政治含義的東西發在商業綜合刊物上、把實驗性的東西發在小刊物上。

寫作是為了表達意見、抒發感情、與人溝通，但香港作為寫作的環境的確愈來愈不理想，發在綜合性的刊物上，作品被刊物自我檢查、刪改，或因編者的疏忽、美術編輯的輕狂、校對的固執而變得面目全非，也是常有的事。在這樣的情況下，特別感到寄人籬下之苦。在香港寫作這麼多年，最近可是愈來愈感到專欄的水準低落，不負責任的意見充斥，流行言論愈來愈張狂，要發表不同想法愈來愈難。香港是我的家，寫作是我的本行，但我的家好像也變成一個陌生的地方，找一個地方說想說的話也不是那麼容易了。

為了希望這地方可以成為一個可以好好生活下去的家，我們都扮演了各種不同的角色。比方當一個教師，教人閱讀與分析、分辨與思考；比方寫專欄，做一些文化評論的工作，希望可以澄清誤解，提出不同的看法；比方參

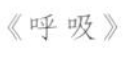
《呼吸》

《詩朵》

九分壹

創刊號

一九八六年拾壹月

《九分壹》

《秋螢》

新穗詩刊

6

■ 第十三屆青年文學獎詩組作品特輯
■ 創作
■ 大學生詩派小輯
■ 梁秉鈞專輯
■ 第二屆新詩推薦獎特輯

《新穗》

與大眾文化的工作，與其他媒介合作做一點什麼。問題不再像早期的前衛藝術家那樣孤芳自賞對抗群眾，而當你理解整個地方教育的偏側、傳媒的性質、意見如何受到擺弄，若果你還想有所言說，到頭來總不免有點像是站在人家門外發言，有時還不免享了閉門羹。

我的無家的詩，後來倒有一些被人收留了。一位美國詩人和翻譯家哥頓·奧斯辛，翻譯了我四十首詩，他寫了個前言，馬文彬先生寫了個長序，奧斯辛又與我就香港文化以及我的詩作了個長談，收編成一本書 *City at the End of Time*（《形象香港》），在一個文化研究的叢書中出版了。感謝文化研討，我的一些未得以結集的中文詩，流離失所之餘，好像暫時在外地找到個家了。

也許你會想到我們一些朋友（其中當然也有詩人），因為覺得香港愈來愈難安居，不得已移民海外。其實，對於他們和對於我的詩來說，現實的遷徙，在其他文化中安頓，都不是那麼容易的事。如果我覺得家園變成陌生地，那並不表示所有陌生的異鄉都可以變成家園。其實詩文之翻譯成另一種語文，都是一個錯綜複雜的過程，冒着喪失自己被吞沒的危險。我記得有許多個下午，在蘭桂坊的"四季"，我們來回斟酌文字。每次我們反覆商量，如何才可以既不誇張又不抹煞？怎樣才可以保持原來我的文化中的意思，但又不致對於另一文化的人顯得毫不可解？怎樣可以找一把異鄉的聲音，而又不致矯揉造作冒充他人？我可以在外面的文化裡找到一個家嗎？翻譯又變成是新的創作，困難重重，輕易碰上新的疏離。

蘭桂坊的憂鬱

蘭桂坊好似也是個好背景，適合作這樣的對話與商量。它本是個住宅區，早年人們在這兒賣花賣布，又說山腳聚水，撮合姻緣的媒人生意興隆。七〇年代就有些藝術家朋友，比方李家昇和梁家泰，在這兒設立影室；"進念"也曾在這兒駐足，大概因為這兒近中環，而當時租金還比較廉宜。原址是牛奶公司的殖民地建築，現在是外國記者俱樂部和藝穗會的所在。七八年第一所的士高在這地區開辦，八〇年代以來歐陸風味的餐廳和酒吧陸續開張，就有優皮雜誌把此地稱為“香港的蒙馬特”。這類說法總使我想起最近戲劇論壇“香港話劇團”藝術總監的話，他說香港戲劇的長處是你可以在此地看到百老匯等外國最新戲劇的翻譯本，而本地劇作家最大問題是他們用粵語寫作，有礙於走向世界。照他的說法，香港最好的東西就是，不是香港的東西，而“世界”就是一個用以取代“本地”的理由。對我們來說，當然不覺得搬演西方的皮毛可以代表香港戲劇的長處，同樣我們也不會覺得置身中環一塊地方要假裝是在外國。

當然，一般來說，大家都覺得蘭桂坊是最有異國情調的地方。商人投資開辦的新餐廳和酒吧，都用上特別遙遠的地名：貝魯特、非洲、加州、中央公園、印度支那、加薩布蘭卡，那些遙遠的空間也帶來遙遠的時間：舊日的殖民地、殖民者記憶中永留的剎那、世紀末的頹廢、面對巨變的時空的邊緣地帶、老帶着異國情調。這兒有賣奧國菜的“莫札特”、泰國菜的“絲綢”、德國啤酒館、有以甜餅出名的“美國批”、有水準相當不錯的“爵士俱樂部”。喜歡五〇年代舊歌的店主開了“五十年代”，有時還會自己下場引吭高歌。時間可以是懷舊的過去：五〇年代、六〇年代；酒吧的名字可以是年前難忘的時刻；可以是超越未來的九七、後九七。危機與玩笑、頹廢的縱情與健康食物、古今中外的不同時空，好似毫無禁忌地擠在一起。它有趣的地方，正是世界與本地相遇，意大利餐廳旁有日本小吃、酒吧隔鄰賣魚腩粥，在最不是香港的地方香港的現實又在街頭巷尾浮現出來。香港是什麼也難以界定。走上去荷里活道那兒，可見古董商在櫥窗放滿秦俑或唐三彩瓷馬招徠遊客。外來遊客，不管長居短住，也在這兒找到摹擬的家鄉。好奇的年輕人在這兒一瞥西方的潮流，回港的留學生在這兒回憶外國生活。但蘭桂坊又不僅是如此而已。本地藝術家在附近搞過“十二吧”、Quart Society 這類地方，想創造另類的展覽空間。一群本地中青年創辦的六四吧亦是藝術家出沒的地方，有展覽和論壇，亦有人在這兒討論周年的紀念展覽，遊行回來喝一杯酒。這兒華洋雜處，還沒有一幫人控制全局，不似官方的劇團被外來的主管霸佔了作威作福，不似同人雜誌排斥異己。這公眾空間基本上還可以容納不同意見，來自不同階層的人都有。門外臨時擺起的桌子也許搖晃不定，卻沒有勢利的優皮挑剔別人的身世。

也斯攝影：都市系列

蘭桂坊不是蒙馬特。我們也無需把它浪漫化。事實上黑社會滲透的事時有傳聞，毒品的問題亦存在的。表面上華洋雜處沒有問題，但幾年前的平安夜，也發生過毆打外國人的事故。蘭桂坊顯然是在這個殖民地政治與經濟運作之內，並不是一幅孤立自主的空間。

輕易會失去的"家"

最近在九二年除夕發生的慘劇，由於擠迫踐踏而壓死了二十人，震驚和哀慟之餘，也再一次提醒大家，蘭桂坊並不是蒙馬特，它是與香港本身的諸種問題連在一起，息息相關的。慘劇發生後港督往現場視察。不久新華社和北京方面也發表了聲明。後來又有議員往醫院慰問、發表意見。有人批評這些行為有自我製造形象，撈政治資本之嫌，又有推卸責任的做法。更令人擔心的是由此引起的一些禁酒和嚴格管制蘭桂坊的說法。這種種都顯示香港目前的微妙處境，什麼都與政治相連。新聞和言論自由的前景令人擔憂，自然風吹草動，杯弓蛇影了。

德忌笠街的路口正在為亡魂拜祭，蘭桂坊又出現了另一群受害者。香港

也斯攝影：雜誌貓

專業攝影師協會數星期前剛開始在這兒辦一個攝影展覽，並打算拍賣籌款，資助新進的年輕攝影師往外國學習。但現在他們得把掛在半空中的攝影拆下來了。其中林世昌君的一幅 *Stun*，是雕了三十個和尚的合桃核的放大，背景是漂染的藍色樹葉。不想卻被迷信的人傳說是照片中人數與死亡人數吻合（其實不是），剛好似是宣言了擠迫而死的圖畫。這無稽的說法一時傳開，報章和專欄也有應和，然後一份新創刊不久的《東周刊》更以這照片為封面，做了一個專輯，請來好幾位法師，對這次展覽的照片作了各種充滿想像力的解讀：比方一張照片中的紅磚建築被認為酷似墓碑、另一張照片中的鮮花被說是似墓前獻花，舊梳似是陪葬物。這樣看下去，自然時鐘也就想起“送終”，霧中風景也看出一個朦朧的倒臥的少女的頭像來！一位法師的結論是，現在蘭桂坊陰氣太重，奉勸大家走進去之前雙掌合什，口中喃喃自語三遍：百無禁忌！

幾天後我見有人批評這份雜誌的做法。然後我在《信報》上看到在刊物打工的 Y 的訪問，他解釋刊物的做法本來並不是鼓吹迷信。同一版上我又讀到李家昇的訪問，他代表專業攝影師協會發言，低調地宣佈攝影展覽中止，

也斯攝影：都市系列

拍賣也只能暫時擱置了。

那天早晨我讀着《信報》上同版裡刊物編輯和攝影師的兩段訪問時，特別記起一群朋友其實都是一起辦過詩刊的朋友，他們家中或許還有大疊大疊的明信片吧。這兩位朋友，寫過細緻扎實的評論，用視覺和文字玩反斗的遊戲，他們都寫過好詩，還有其他寫過好詩的朋友，繼續當計程車司機、巴士站長、在金舖賣首飾、教書、進入電視台工作、編輯刊物和寫更多文字，這些人繼續樸素善良地生活下去，偶然在路上你遇見他們和高出他們一個頭的兒子在散步，有些人移民他鄉，另外一位好朋友則久病後在過年前撒手離我們而去了。曾經有一段時間，我覺得我們像是一個無名家族中的成員，可以爭辯吵架，但又總會互相支持、互相幫助，永遠在心中記得彼此的。我們繼續在共有的公眾空間中浮移進退、或聚或散，繼續扮演不同的角色，用文字去做不同的事。偶然在這麼奇怪的情況下，好似又再聚首，我們還可以一起設法令這地方成為一個比較可以安居和創作的地方？還是我們不能不被迫失去這個家了？

在蘭桂坊街道上空，那些攝影給除下來了。像我的詩一樣，這些攝影也變得無家可歸。不管我們願意不願意，我們生活在這共有的空間之中，個人的言論，從八卦專欄開始，也可以影響到公眾的態度。我們爭取一些另類空間、發表不同意見，這也很容易會被併吞成為齊一的聲音，異議很容易被抹煞。我們的溫柔輕易轉成粗暴，公眾的理想翌日可以被功利代替，輿論總像是難以預料，無可依賴。

蘭桂坊的空間令我想到香港的空間。我們所共有的空間是一個混雜、擠

也斯攝影：書店中詩朗誦

迫而又危險的空間，生活在危機重重中仍似在狂歡節日，天堂裡轉角就是災難。是眾多勢力的角力場，那麼多人想利用它來謀取利益，那麼多人等着撈完最後一筆離去。我們還可以盡量令它成為一個安居和創造的家園嗎？好似小心謹慎的態度可以變成自我檢查的壓制、好似自由瀟灑的言論也可以去傷害他人的自由，總有那麼多勢力改變簡單的人際關係，那麼多勢力可以利用或改變了文字和映像的意思。這開放的空間也同時輕易會閉塞。沒有了一個友善穩定包容的家，我們只好與文字和映像到處游離。

一九九三年，原刊《娜移》；一九九四年修正後刊於《誠品閱讀》

也斯攝影：人物系列

狐狸先生李歐梵

前個星期在《信報》看到李歐梵寫鄭樹森，看到寫手心冒汗，要找醫生，要再來一杯酒，忍不住大笑起來！的確是典型的李歐梵筆法，有幽默、有順手拈來的發現、黠慧混和着自嘲，也是我看他新書《狐狸洞話語》的感受。

唸書時讀到李歐梵厚厚的英文著作，寫的是五四作家的浪漫精神，當時只覺是一位遙遠的學者。後來才又知道他寫遊記寫雜文，甚至早年曾用筆名寫影評，好似看到另外一面。近年接觸多了，才發覺這另外一面原來是個豐富的世界。一九八九年一起在新加坡當文學獎的評判（每天在酒店的泳池旁邊喝啤酒看文章）、一九九一年在芝加哥參加文化評論的會議（聽CD、吃牛肉麵），每次輪到李歐梵發言，不管是評論或者總結，他老是那樣，看來沒有什麼準備似的，隨便由一兩點具體的問題說起，層層推展，加上一分自嘲，連起一些溫和但也相當嚴格的批評，到最後總會舉重若輕地說出一番道理來。他的頭腦靈活，對新事物都能吸收消化，但又絕不趨炎附勢，那種包容與批評之間的分寸，其實正見於有思考而又不失趣味的說話的藝術。

李歐梵屢次引用艾塞亞．柏林的說話，區分兩種類型的思想家：刺猬型的思想家只有一個大系統，狐狸型的思想家不相信只有一個系統。這也解釋了他連番"狐狸洞話語"的由來。讀到書中的一段話，我特別有共鳴："我生活在學院裡，卻往往不安於室，不願意終身向學院效忠。我尊重學術，卻又覺得某些在學院裡研究學術的人不值得我尊敬。〔……〕我最恐懼的是在學術會議上提交論文，因為在時間壓力下草草寫成的急就章，最難令人滿意。然而〔……〕有時候在學術會議中聽到精彩的評論，我也頗為振奮。”

所以李歐梵的態度，不是學究式的，但同時也不是像另一些反學院的人那樣是反智的。他介紹的史學家史景遷的著作，超乎單純的史學研究；David Lodge 的小說，諷刺了學院的狹隘與浮誇；他喜歡的政治家哈維爾，正是一個能把政治理想落實到日常生活的素質去的人！談到《麥克理希和范多倫的對話》，特別點出現代文學理論缺乏的關懷：如何把人生與藝術結合、如何面對學院以外的文化生活。所以看此書好似是零散的話語，其中卻又不是沒有貫徹的追求呢。

正因書中談文說藝，有那麼一種文化想像力在背後，所以總似多了個層次。讀到書中談安格爾，真覺是少見的充滿人性的詩人肖像。讀到一些談詩的篇章，總似對海外流亡的詩人，不無溫和的規勸。從學院出來，面對學院內外的各種新衝擊，書中也有種種反省與商量，如面對高漲的女權，有對“弱者男性”與“沙豬情夫”的體會，令人莞爾；從美國右派圍剿多元文化主義說起，還對中國研究範圍作出多元文化研究的有心建議。

這種反省與商量，是我讀來最覺可貴的地方。在報刊的公眾空間中，能不以獨斷的教條或私己的偏執，引出對話，反覆研討，達致某種相對的共識，本來應是可行的事；但我們近年面對香港傳媒的偏側，竟然對非功利性的言論，也覺相當陌生了。李歐梵的文字作為學者散文，更難得的是不丟書包、不走蘭姆機智賣弄那一路文風；他有所關懷，但沒有知識分子的頭巾氣，我想這正是“現代性”所在。

也斯攝影：李歐梵

李歐梵有一個最大的秘密願望，是想在電影裡客串一個反派角色！這種以反派出現的願望，其實也出現在魯迅的小説中、出現在不少西方現代小説中。不可靠的敘事者、不穩定的敘事，本身把權威性解除武裝，把判斷權還政於民，是一種真正的“現代”。以狐狸先生姿勢出現，除了帶給自己更大的自由，亦撤除了自大的執着。不願高談闊論，不作收結，是提出意見大家商量，沒有説我就怎麼了不起。一本正經説問題之餘，亦可以在那裡跟你做個鬼臉。

李歐梵與他同代人一個最大的分別，還表現在他對香港文化的看法上面。他是我所知少數真對香港問題有認識，對香港文化感興趣的知識分子。他書中提出幾個有關香港的特色，不妨列出供大家參考：（一）香港文化雅俗並存、不會產生傳統式精英知識分子坐而論道的現象；（二）香港政府花在解決社會問題上的時間和精力比在政治上為多；經濟運轉已自成體系；（三）香港媒體文化發達。多年商業掛帥的環境裡，知識分子並不像大陸學者那樣急躁不安。李歐梵甚至説成龍的電影予他真實的樂趣，而大陸連續劇《渴望》的道德觀卻見虛假。

我個人對香港傳媒並不那麼看好，但對歐梵的論點基本上同意。從上面的觀察，也可見李歐梵本人一種並不高韜的、主張“先做小事後説大話”的態度。同時可見他如何較少先入為主的偏見，能實事求是的靈活想法。

此外李歐梵提到加州教學經驗中學生對中文文學認識和水平的低落，似乎也是一種全球性（包括港台）的現象了！説到恍如“一個時代的結束”，更令人衷心共鳴，讀着讀着，我發覺狐狸先生信手拈來的隨筆中，似乎處處有對時間的敏感呢！我們不禁想要像孩子遊戲那樣，在背後大叫一聲問：“狐狸先生幾點鐘？”因為，好似無系統的狐狸話語背後，其實有不少貫徹的對現代和後現代問題的關心，亦有對世紀末的討論。但世紀末的焦慮並未歸結於頹廢，後現代的反思也不在貪新；相反書中對後現代的放任屢有批評、對庸俗的現代化也多抗拒。探討的是對當代文化的認識，以及我們在學院內外、現實和學術之間如何尋找一個靈活（但也不失老實）的位置呢！

一九九四年，原刊《信報》

小　梅

這篇文字開始於張輝的催稿，我利用中午的一小時，一邊呷着奶茶，一邊咬一口三文治，趕着還張輝的稿債，真是對小梅有點不公平。關於小梅和她的舞蹈，可以好好地寫長長一篇，以後有機會再說吧。

我最先認識梅卓燕，大概在一九八七年左右。香港舞蹈團難得找來曹誠淵當客座藝術總監，辦了《舞文》這樣一個改編文學作品的舞蹈節目。其中彭錦耀改編我的《游詩》，最後一幕是一幅白布覆蓋了大地，各種各樣的人在上面走過，播的是俄國現代音樂家的音樂。據說有些舞蹈藝員邊走邊埋怨不知在幹什麼，我卻覺得很過癮，與彭錦耀的合作也很愉快，此外很高興認識了小梅。跟那些埋怨不知在做什麼的舞蹈員都不同，小梅是現代的。《舞文》裡梅卓燕跳沈從文《邊城》的翠翠，但更令我留下深刻印象的，是她改編白先勇小說而成的舞蹈作品《遊園驚夢》。

小梅後來數次再演《遊園驚夢》，我特別回想它最初出現時的意義。跨媒介的探索，大概在八〇年代中才在香港開始，其後許多改編“名著”的作品，不是過分拘泥原著，就是完全自說自話。真正有所體會，既有溝通又有創新的實在不多。八〇年代後期，白先勇作品的改編，蔚成風氣，但是相對於《玉卿嫂》的規矩、舞台劇《遊園驚夢》的笨重，梅卓燕編的《遊園驚夢》以小品形式出現，更見作者的靈思慧心。

（上）（中）（下）也斯攝影：人物系列

《遊園驚夢》的舞台道具和服裝都很簡單。一面大鏡、兩把椅子、一襲旗袍和一把扇子，一段崑曲的音樂，就是全部的行頭了。但在這簡約的演出中，更能令我們集中地從舞台上的舞動，去體會這女子內心的曲折。音樂的時斷時續，背鏡對鏡的顧盼，營造了沉醉與驚夢。《舞文》那次梅卓燕是編舞，並不是自己跳，後來有一次她在中華文化促進中心講話，記得她穿一襲白裙，赤腳在木地板上跳，同樣感人。梅卓燕是少數用最基本的日常生活事物同樣可以向我們傳達細緻感覺的舞者。

《舞文》以後，我在城市當代舞蹈團的小劇場看到梅卓燕的《日記一》，後來又看到《日記二》，很喜歡。那是跟《遊園驚夢》完全不同的，很生活化，很自傳性的作品，但相同的是對文字的敏感，對過去傳統的自覺，對現在生活的留神。這幾點特色，令她在香港諸位舞者和編舞者中間，佔一個獨特的位置。梅卓燕有傳統中國舞訓練，在香港舞蹈團當過很長時間舞者，她又有很敏鋭的文學觸覺，但這都並不妨礙、反而豐富了她的現代舞。

我九〇年在紐約半年，小梅和游靜也在。之前大家合作過《東西遊戲》，在紐約也一起去哈林看跳舞，去傑信教堂看跳舞。我跟游靜説小梅的文字寫得好，她不相信，我拿了一篇給她看，她那樣的人居然也沒説什麼。知道我為看小梅的舞蹈，看過香港舞蹈團的什麼民族舞，游靜表示簡直不可置信！小梅在舞蹈團也跳過江青導演、高行健編劇的《冥城》，也跳過編得很平庸的民族舞。我們香港的藝術家的確是在這樣奇怪的環境中工作，要了解香港的藝術和藝術家，也不得不了解這奇怪紛雜的背景。

在紐約看表演看得多了，也談過許多藝術的問題。記得那時我們比較集中想過如何把傳統藝術化故為新，大家都同樣喜歡粵劇《再世紅梅記》，常談怎樣把它改編成一齣現代舞劇，讓紅梅再生。回來後一直找不到支持，不過後來有一年的藝術節我們有機會做了一個小節目《花影》，是從《再世紅梅記》和《剪紙》變出來的折子戲，是一個小嘗試。我也參與編排。演出後有一位年輕女作者説文字就是霸權。我覺得有點冤枉，但強調“純藝術”的風氣，在圈子裡也持續了好長一段時間。

小梅從紐約回來的一段時間，很沉迷於"接觸即興"，也開班練習。我對舞蹈還是虔誠的觀眾，有些問題看得到，有些也不明白。舞蹈的朋友還是不時看表演時碰到。藝術發展局成立，好像熱鬧了一陣子，但對整體藝術的資助不一定就有幫助，還是缺乏有視野的藝術行政人員，還有見到資源很容易集中在一兩個團體手中。新的制度推行時，行政人員不一定能明白過去的藝術是怎樣發展過來的。記得九六年在柏林塔哈里斯"破宮"參與藝術節後，與鄧達智、小梅等數人坐車去布拉格，車上聊起來，大家都有點感慨：在海外往往對香港的藝術比在香港更受到尊重。

我在紐約時認識的一位學者朋友，要到香港來任教，我去柏林前約他一起去看小梅以新舊文學為題材的舞蹈。朋友錯過了，回電郵說可惜錯過了我的詩改編的舞蹈。我在柏林回郵說，其實意思不在我的詩。因為朋友要來大學推動傳統文化，如果能知道過去文藝界對傳統文藝的承傳和修養，也許可以事半功倍。

我一直希望讓白先勇看看梅卓燕改編的《遊園驚夢》，在最近才完成了心願。二○○三年底，白先勇來當嶺南的駐校作家，跟同學討論創作。嶺南與康文署合辦白先勇的電影欣賞與舞台改編，終於在文化中心的小劇場裡，讓我們的小說家看到這二十多年前的改編，由編舞者自己跳出。這次多了何應豐的舞台插曲，他非常自覺白先生注視的眼睛，努力要解構原著，嘗試突出自我的閱讀。白先勇也不以為忤。小梅呢，多年來看她跳這舞多回了，她的敏銳與感性依然，這一次跳完以後她自嘲地說也快接近錢夫人的階段了。

小梅從傳統的中國舞得到營養但又不僅滿足於表面的民族風貌，最先以飄舞的長袖舞出草書，以傘舞跳出李清照的尋尋覓覓冷冷清清，從傳統的中國舞步變出新意；亦不斷吸收西方新的表演藝術，從接觸即興到翩娜·包殊。她對視覺藝術家如巴丟斯、費德娜、達利都曾感興趣亦從而啟發新舞，亦連起對女性的關懷。多年來我們亦在她舞中見到她的悲喜。她舞的道具也有新意：大櫃、浴缸、木屐、橡筋繩，情以物遷，辭以情發；隨物宛轉，亦與心而徘徊。二○○二年夏，她與聲音藝術家梁小衞在《舞文誦影》中以一組都市詩演繹變化，其中更用了鄧達智的一條大花長裙，玩盡了《花布街》。由這開始，她與梁小衞更與法國作曲家白蝴蝶合作，從《蓮葉》組詩開始對話與變奏，發展出二○○四年秋季新視野藝術節的《流蓮歡》來。香港多年來一直有支持小梅的觀眾，我也是其中之一，把棄置的舊稿拾掇成篇，不過是為過去聊作記錄，期待藝術家再一次舞出新章。

二○○四年九月續完

也斯攝影：新界系列

小龍的童年

小龍去世那天，我正好搬家。籮籮筐筐的雜物之上，有人放了一張報紙。大字標題報道離奇死訊，即使我跑上跑下也忍不住注意到了。說來慚愧，我對這位比我大上十年的傳奇人物所知不多。已經是國際紅星！都說他的

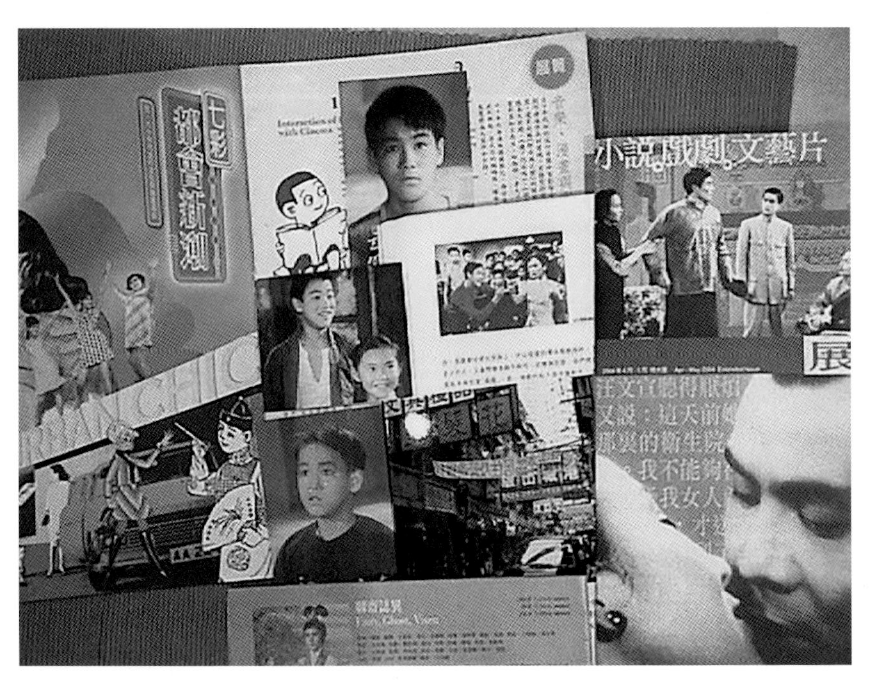

也斯攝影：物語系列

功夫了得、電影賣座！但我那時是個什麼也不懂的書獃子，只喜歡看沒有人看的歐洲電影，帶着一個房間的書籍，打算搬離一天到晚充滿衝突的大家庭，一心想要寫作。對於新的工作、對於將要成家這樣的事情，一點也不明白它的含義。搬運貨車上的工友正在談什麼暴斃丁佩香閨的艷聞，於我是另一個星球的故事，我只潔癖地埋首手中的歐洲小說，甚至也不抬頭看一眼街上掠過的風景。

後來在外國，也知道多一點小龍在外國的電影，還有他的聲名。他是那離鄉別井遠赴泰國謀生的唐山大兄，遇盡欺凌後忍無可忍手刃毒梟；他是精武門裡那霍元甲的弟子陳真，為報師仇怒殺漢奸和日人；他是不懂外文的過江唐龍，受盡歧視後發揮中國功夫把外國人打個落花流水。他的凌空三彈腿、三節棍、赤裸的上身、汗水、叱喝，全構成傳奇的一部分。在叫好聲中我們雖明白那置身異地的民族感情，可也受不了那簡化地宣洩民族屈辱感的拳腳。

後來回來才重看了我童年時其實看過的《人海孤鴻》。拷貝也是從外地找回來的。那已經是八〇年代了，我也做了不大成功的父親。回看六〇年的吳楚帆這父親，嘗試在四九年後香港殖民地土壤上創辦孤兒院，憂心忡忡地看着新一代的孤兒在這無根的土地上成長，傳統倫理道德觀念逐漸受到衝擊，吳楚帆這一代的父親抱持的樸素人道主義思想顯得左支右絀，唯有在電影訓誨的結尾中才得到象徵式勝利。也許我們的父母都多少有點在扮演着吳楚帆與白燕，但在現實中卻不那麼容易得勝。我們的心態更容易認同年輕的小龍，那流浪街頭的孤兒阿三，滿嘴廣東俚語，對循循善誘的吳楚帆不耐煩，雖然到頭來說不定還是會被樸素的人情感動。

一九九七年我為溫哥華籌辦《香港故事》電影節，從李晨風的《人海孤鴻》開始，以王璐德的《少年犯》結束，想借用五〇年代吳楚帆這一代從大陸來港的父親的故事開始，說到九〇年代移居溫哥華的岳華這一代的父親的故事。至於小龍，小龍在銀幕上從來不是父親，他沒活到當父親的年齡就去世了。他始終是兒子一代的小龍。

然後我逐漸回看他早年的電影，一九五〇年的《孤星血淚》，他飾演從狄更斯小說改編過來的角色，由 Pip 變成了復群，遇見吳楚帆飾演的逃犯。

原著沒相干的人物在改編成的電影中變成了父子，帶上了粵語片的倫理色彩。這個父親被人陷害，卻希望兒子能受好的教育，當一個醫生去救人。小龍飾演的少年角色，單純地幫助對方，他少年世界中的鄰居是更小的只有六、七歲的蕭芳芳，大家腦子裡不會想得太多，並不知道對方將會影響他的一生，並不知道自己將要負起的責任和面對的抉擇。

我作為一個疲累的父親和教師，再有機會看到一九五〇年的《細路祥》，彷彿在倒讀他一生的歷史：回到他的童年，回到我們的童年。是一個機靈的小孩、有自己的主意，開始擦擦鼻子的動作，開始在摹倣周圍種種代父的形象中長大。然後最後我再看到一張他數月大客串演出《金門女》的照片。躺在嬰兒床上的小龍，更早的小龍，更充滿種種未知的可能性。

二〇〇〇年十一月廿七日，原刊《明報》

在上環繪畫古詩

沿上環德輔道西的海味舖走過來，在一家火鍋店對面，找到了畫家給我的地址。門牌對了，從橫街進門便可。樓下看更跟我招呼，沒有豪宅那種冷臉孔，我說了找誰，他就說：今天天氣寒冷，他們還未外出呢！我奇怪他沒問我找哪一座，上到頂樓，在畫了花的門前按鈴，也想的確不用說是找哪一座了。

畫家可卻從沒畫花的那扇門探出頭來，那是畫室，原來幾個單位都打通了。我看到畫家和兒子兩人合作的裝修，又看到天台，還有夏天喝茶的地方。我一向羨慕畫家，覺得他們才是最懂生活的人。也許有人奇怪畫家怎不住港大沙灣徑對海的宿舍，搬來跟海味舖做鄰居。我倒不覺得奇怪。這兒更有人氣，而且大隱隱於市嘛。在城市裡畫出自己的空間。看來還是做畫家好。

下午還有陽光，趁着陽光，看了畫家一組近作，我的畫家情意結更一發不可收拾了。畫家的近作是一組古詩的意境，用的卻是現代的筆觸。層層疊疊由近而遠由濃而淡的青山，“問余何事棲碧山，笑而不答心自閑，桃花流水杳然去，別有天地非人間。”濃濃的紅葉，縱橫的枝幹，“遠上寒山石徑斜，白雲生處有人家。停車坐愛楓林晚，霜葉紅於二月花。”粉藍嫩綠的筆觸間，一對相偎的野鴨，“天下真成長會合，兩凫相倚睡秋江。”淡白粉紅的畫面上，最下方隱約露出一角小橋和花叢，豈不是蘇曼殊的“春雨樓頭尺八簫，何時歸看浙江潮。芒鞋破缽無人識，踏破櫻花第幾橋”？果然是一位喜愛古詩，用畫

（上）（下）李超鵬畫

與畫家夫婦（後左一，左一）及梁鑑添先生夫人合影

筆寫詩的藝術家！

說畫有詩意，不光是說畫家為詩作插圖，也不是說用詩來說明畫。有時是畫家心中有詩，再用顏料創造自己的詩境，有時是畫作好了，再不禁想起過去的詩句。中國人到底是在詩的文字裡長大的，大家自少背誦，熟悉了這麼多詩句。然後在人生的某個片刻，生活的某個境況裡，這句或那句句子又會跑出來，好似變成我們欣賞和詮釋世界、思考自己和了解別人的一組組密碼。即使畫家的背景原是唸數學，詩詞也會琅琅上口！這些詩句成為民族集體潛意識的一部分，本來是大家的共同記憶，也是彼此的共識、溝通的方法。

在漢字的傳統裡成長，在漢字織成層層既定意義的網絡裡，我們也嘗試寫出一句新的詩行。正因是漢字的民族，我們也會由於習慣而失去了對漢字的敏感；正由於說是詩的民族，我們也容易滿足於懶惰的詩意。在成語充斥的文字之間、在變成規矩的章法裡，在陳陳相因的筆墨中，我們會逐漸對筆劃麻木，失去詩的創意。需要許許多多消化了傳統又了解現代的藝術家，把詩帶回我們的生活裡。

在客廳裡，畫家夫婦從這個角落、從那堆畫作裡，找出一張一張畫放到架上。難得的一個下午，可以好好看畫。用的是西畫的油彩，我卻在山水風景裡看見國畫的筆觸與精神。說到中國古詩的詩意，大家想像中的畫面，一定是水墨空靈的黑白了吧？畫家卻沒有放棄他的顏彩。不一定是萬紫千紅總是春，即使“山氣日夕佳，飛鳥相與還。此中有真意，欲辨已忘言”這樣淡素的句子，畫家也可以用色彩抹上層層現代的演繹。“夢裡不知身是客，一晌貪歡”？色彩給予悲哀某些可以憑藉的安慰。“執子之手，與子偕老”？兩鹿在團團粉紅與輕綠的樹林中，空靈中有它實在的甜蜜。“獨坐幽篁裡，彈琴復長嘯。深林人不知，明月來相照”，夠熟悉的句子了吧？畫家筆下五株東搖西晃的顏色小樹，卻平添了一份童心的幽默與生活的韻律。

詩與畫的對話，不是鬥智的比拼、不是逞強的爭奪。是共鳴，是呼應，是一來一回、一遞一唱，互相引發，豐富了別人也豐富了自己。現代與傳統的對話也可以這樣看。我們在空曠之處遠眺群山，也許會忍不住說“前不見古人，後不見來者”，大有念天地悠悠之感。一個現代人面對雪地上遠處的房子，若想起了“晚來天欲雪，能飲一杯無？”也就帶回來了世代相傳也世代增遞的詩中意境，那雪意中的溫暖。

但畫家現代的構圖和色彩，有時也把“野老與人爭席罷，海鷗何事更相疑”、“有女如雲，匪我思存”、“宮女如花滿春殿，如今唯有鷓鴣飛”這些有名的句子帶到一個現代的意境。許多人說古典詩詞裡的無我與空靈，畫家的選擇卻有自己的性情在。我喜歡古典詩詞，但我也同樣喜歡現代畫。有時山水裡有個小小人兒，你可以肯定不是古畫中人，是個笨笨的現代人，但難道她就不會想“我見青山多嫵媚……”？印象派式的畫風裡富麗溫暖的顏色、具體的造型與筆觸，不見得與詩的玄思相違。只有能體會生命實在的肌理，才能體會真正的空靈。

走在上環的街頭，果檔的水果好像有了更美麗的顏色。古詩裡的句子在我腦中翻動，彷彿隨時又有可能在我眼前的街巷和人聲中，再找到新的生命轉世還魂。

二〇〇二年二月，序李超鵬《此中有詩意》(*Coloured Verses*)

從甕中長大的樹

一

我站在街頭等候，然後葉輝匆匆忙忙來了，遲了五分鐘，剛交了稿，他手上拿着一大疊校稿，又或者我背着一個大袋，裡面盡是我們摔不掉的責任。我們到排字的地方，到書店去商談什麼，或者走過去交稿。事情辦完了，鬆了一口氣，還有半小時，去喝杯什麼！在灣仔，我們推門進去，這

也斯攝影：人物系列

餐廳有個城市的名字，教我們不約而同想起欠《九分壹》專輯的稿債，不知如何是好。這地方，我忽然記起，我們來過的，我想葉輝一定記不起來了。一九七八年夏天，我離港前一天，我們在這裡喝咖啡。這兒那時還是一爿小茶餐廳，透過玻璃可以看見外面的電車和行人。那天我們説了一些互相鼓勵的話。過了十年，餐室時髦了，多了個城市的名字，這城市和人們的風氣也變得多了。眼前的葉輝，十年來在為工作和生活奔波之餘，終於寫下了不少踏實的作品，我回港後訂了晚報每晚看他"甕中樹"專欄，愈來愈覺得，我的朋友已經超越了孕育他的容器的限制，成長為一株茁壯可靠的大樹了。

我問這塊老樹頭："喂，喝什麼？""檸檬茶——"拖一條猶豫的尾巴，聽見我喝啤酒，還是叫了啤酒。我説："你晚上要上班……""一杯，不要緊的。"然後談到最近的風氣，某些令人擔憂的現象。一杯喝光了。"再來一杯，不要緊的……"我也知道大概是不要緊的。他會照樣回去選電訊、翻譯、發稿、排好版樣，即使有點飄飄然，還是會有足夠的節制做好自己的工作。這樣，時間到了，他便會站起來，匆匆忙忙截一輛車趕回報館去。

我們都習慣了在限制中生活。"甕"不過是個象徵吧了。葉輝寫他以前住的地方狹小得像個箱子，寫他十二歲前生活限於筲箕灣一區，寫他輾轉從一所私立中學到另一所私立中學，也是由一個甕到一個甕吧。我們在香港長大的這一代，多少總有相似的經歷：成長的挫頓和尋索、局限和超越，對我們來説都熟悉不過，我每次重讀〈我的私中〉一文，都仍然感到痛楚和安慰，無法言説的感動。

二

在香港長大，其實也是在種種限制下長大。因為限制特別明顯，也分外自覺去超越它。幸好甕口總可以張望天地，甕內也有寬大的圓腹。閱讀和觀看是超越限制的方法，旅行和接觸他人，也可以擴闊視野。

也許我們都是從甕中長大，所以對甕內的色點和紋理瞭如指掌。葉輝寫荔枝角、寫上海街、筲箕灣那些舊樓，那些舊書店、那些老影院，像不像一個個舊甕？寫後巷的風景、牆上的裂紋，親切得確像手上紋理。下棋的友人，生活的點滴，常見的事物，總是不易捨離。我有過這樣的想法，我想葉輝一定也有過這樣的想法：香港的山水，也有它的特色，不一定要寫世

界名勝呀！抒寫實在平凡的風景，也有意思，不一定要攀險登巉，不一定要賣弄典故、鈔錄詩文才算寫遊記呀！看他的〈海岸七疊〉，就是在香港境內的山水酣遊細賞。香港是一個甕？是一種限制？香港也可以有無盡風光呢。從甕內長大，至少實事求是，不矯情，不誇張，不好高騖遠，老老實實正視甕的限制和可能。

正是有了這種平正穩紮的態度，然後才會從甕口繼續抽長，向四周長出茂盛的枝葉。如果《甕中樹》頭三輯的散文，記載了他多年來在香港生活的所見所感，那麼後二輯散文，則是通過閱讀和寫作，開拓自己思考的空間，從古今中外的比較觀照，逐漸培養出更成熟更睿智的想法了。葉輝不跟誰比賽，勤奮自律是向自己交代。他彷彿通過讀書寫作建立了自己，由一個逃學的少年，逐步邁入溫煦爽朗的中年；由一個受善良教師感染的問題學生，逐步變成一個能夠規勸和感染他人的成人了。葉輝向我們證明了，就是在香港這樣充滿限制的地方長大，靠着在香港找到的書本、看到的藝術，一個人也可以自學成為一個不必在任何人面前感到慚愧的人，可以不卑不亢，明白事理，頭腦開放，明智地面對新思潮，批評四周不合理的現象，既有溫情和諒解，又是一位直言的諍友。確是從甕中生長出來成為一株直立的樹了。

三

成長確是像樹一樣舒伸，向外拓展自己的空間。但像樹一樣，有時也會

遇到外物阻礙，有時也未嘗沒有自己的猶豫。在理想的舒展和現實的限制之間，就有了種種反省和調整，堅持和讓步。最近這幾年，我和葉輝，也自動或被動地，參與了一些文化界的活動，不管是辦刊物、編書、寫專欄、辦講座，或是其他種種相關的文學活動，也遇到許多奇奇怪怪的事情、意想不到的反應。我們無奈地發現外在的社會空間，其實並不鼓勵個人的直立和生長。我們隱約感到，文學跟隨社會風氣的變化，許多事情變得不那麼單純了。有些人別有用心地建立勢力，排斥異己，有些人混淆標準，改寫歷史；有些人更用了文學批評作為交際應酬的手段、貶抑他人的武器。在這樣的環境裡，我們不得不自己思索、反省、進修，面對大大小小的問題嘗試判別是非。一方面並不想孤芳自賞，但另一方面可也不願意隨波逐流；確想做一些於人有好處的事，但卻不想隨便被人利用，到頭來變成幫忙扭曲真相。在人情往來上有調緩之處，但在大問題上還是希望堅持原則。人際關係牽連糾結，對於種種觀點想有所辯正，是非問題想反覆思考，自然也不免仍然惹來一些麻煩；與人有時好似針鋒相對，對事仍望能不涉意氣，對於某些素質和境界，仍是有所嚮往的。

所謂成長，大概就是在這樣的拉扯力量之下進行的。或許也不是沒有如詩

人所說的尺蠖在枝頭的升降，蠕蠕而前，見露匆匆回頭。誰又能說自己把握的分寸一定準確？對外界空間的迎拒進退，未必完全得心應手。誰知道發聲會不會變成魯莽，沉默又會不會到頭來變成荏弱？克制自己可能是一種美德，但又會不會連應該展明的也有所壓抑？舒放暢言固然痛快，但又會不會未經細辨，對所說的事不公平？思考而能提出獨特的見解，當然是最好的事，但有時也懷疑會不會見點而不見面，見樹木而不見森林？倒過來，要顧全四方八面的觀感，調整成四平八穩的意見，最後又可能忽略了個別不同的事例，說出來變成只是附和流行的意識形態罷了。也許成長的過程往往就是在自己和世界之間反覆觀照，來回考慮。葉輝從對生活的思考到日後對詩文的思考，都可說是在這樣的背景之下沉吟思辯的結果。

一九八八年六月，序《甕中樹》

鄧達智：從中環回到屏山

我在中環的街道上碰見鄧達智，一起走一段路。有好幾個星期沒碰見他了，他告訴我剛從德國回來，在接近荷蘭的咸保伊茲那兒的博物館做了一個時裝展覽，我們的朋友，跳現代舞的梅卓燕和楊春江都去了，還有翩娜·包殊舞團裡的阿依達。他說起湖泊和草原、博物館陽光通透的大窗，以及大伙兒如何在闊大展場當中吊下鞦韆，穿起由他設計的闊袍大褸，還有披上用曾灶財街頭塗鴉變奏而成的長幅布匹，晃來盪起，翩翩起舞，聽來叫人神往。

我想起一九九六年底我們一起去柏林"破宮"塔哈里斯參加"香港文化節"時他做的時裝展，似乎目前這展覽就是從那次發展過來，但又走前了一步。我記得柏林那次，第一晚就是他的節目。他沒帶模特兒，劇場也沒有專人做燈光和音樂，只靠我們同來的舞團幫忙，但大家一直沒有排演的機會。鄧大概開場前半小時才跟他合作慣的幾位舞者解釋，當場才選擇和更換衣服。結果憑着幾位舞者的即興舞藝，鄧達智大膽活潑的時裝設計，預先準備好的香港街頭映像幻燈片，本土色彩濃厚俚俗生動的音樂，鄧達智成功地用時裝演繹了他對香港文化的混雜看法。觀眾熱烈鼓掌十多分鐘。我們捏了把汗之餘，只好自嘲地說這體現了香港的拼搏精神：那種習慣了從時間匆忙和物質匱乏之中完成工作的能力。

我們走過鬧哄哄的街市，聽見人們在討價還價，活魚在盛水的銅盆裡潑

也斯攝影：都市系列

也斯攝影：人物系列

刺作響，鄧達智說他最喜歡中環結志街的街市，因為這兒總是生氣勃勃的。我們沿斜路走下去，在歌賦街口的大牌檔那兒停下來。年輕的老闆娘跟他招呼：“好久沒來幫襯了！”鄧達智告訴她這幾個月他去了哪裡。老闆娘跟他說熟人的近況。他叫了杯鴛鴦，“走糖”，一邊跟我說這兒的鴛鴦大概是全港最好的。他舒舒服服地坐下來，有點回到了家的感覺。陽光從斜路上漏下來，照在瓶瓶罐罐和路旁的雜物上，留下了分明的光影，仰起頭可以看見這些後巷的舊樓後面，外頭新建的高樓開始探首露臉。我們就像坐在後院一角閑聊。壯碩的時裝設計師如常地穿着樸素的黑 T 恤和黑褲，置身在這新舊事物混雜紛陳的“家”的後院中。

最近這次在外面的展出似乎準備得更充裕，也得到更多好評。但說起來，鄧達智也會忍不住插上一句：“在這個我稱之為家的地方，如果有一個人能說出在咸保伊茲或是塔哈里斯那幾百個觀眾說的任何一句話，我會更開心！”

我記起我們在柏林參加文化節以後，四個人結伴同遊布拉格，在一所美麗堡壘般的餐廳地窖喝酒時，跳舞的小梅就說過類似的話：為什麼我們的創作，在外面得到更多承認，在香港反而受到冷落呢？

鄧達智在香港既寫專欄，也是社交圈子裡的名人，算是許多人都認識的了。但他設計的時裝在本地不易在當眼的地方買到，也從來不曾成為流行的熱門商品。他的見報率高，但也從沒停止過埋怨記者不懂時裝。

我想起來，問他最新這系列叫什麼名字？他笑了笑，說："本來叫《百厭》"，我也忍不住笑起來，這廣東俚語有頑皮和討人厭的意思，說起來卻只是帶着對小孩子親暱而不含惡意的譴責。在新界望族大家庭長大的反叛少年鄧達智，現在也與他的家庭恢復了非常親密的關係。而在香港時裝界，儘管鄧達智老是以"壞孩子"的姿勢出現，事實上大家都喜愛他縱容他，至多當他是個"百厭"的大孩子吧了。

"我最先是想到種種'百厭'的人物，例如神話裡的哪吒、搞革命的孫中山、隨街塗鴉的曾灶財……後來不想搞得太龐雜，就集中在曾灶財身上了。"

曾灶財在香港是街知巷聞的人物，他多年來巡逡港九好幾個地區，反覆在牆壁、天橋底和電燈箱上，大幅大幅密密麻麻地寫上他的書法。他的字

也斯攝影：人物系列

體帶着兒童的拙稚和天真，似通不通的文句反覆述說着他和祖先的名字，自稱“九龍皇帝”，有時還譴責政府霸佔了他的土地。但因為這些書寫不斷出現街頭，圖像似地變成了顯眼又熟悉不過的街頭風景，反而沒什麼人去檢視內容在說什麼了。近月藝評家劉霜陽為他在歌德文化協會舉辦了一個展覽，認為他寫的字繼承了中國古典書法的遺風，比起許多寫來筆墨呆板的書法行家，他才應該算是當代優秀的書法家云云！這當然掀起軒然大波，引來不少爭論。在畫展場內，皇帝繼續在預先準備好的大幅紙上寫字，一舉一動，都成為傳媒鎂光燈爭相獵影的對象。在研討會上，人家在討論他書法的價值，他卻一直不停喃喃自語，沒人聽懂他在說什麼。

鄧達智在柏林那次演出中，已經用了曾灶財的書法作為幻燈片在背景打出。九七年初在香港時裝節中，他吸收了之前我和龔志成、梅卓燕、梁小衞一個名為《陰魂不散》的綜合演出的種種元素，用在他的時裝表演裡。他的模特兒穿着曾灶財塗鴉的衣服，現代音樂家龔志成和舞蹈家梅卓燕混在其中演奏現代音樂跳現代舞，一邊喊讀出我幾首有關這個家如何“發生了古怪事”的詩句。又一次，鄧達智跟衣香鬢影的時裝節開了個頑皮搗蛋的玩笑。

在咸保伊茲博物館的演出裡，他把衣服設計進一步發展。其中有一幅印滿曾灶財字跡加以變化的長幅布匹，模特兒把部分裹在身上，把餘下的長尾巴揮動如同波浪，搖曳生姿。鄧說這時裝名字就叫“一匹布咁長”，一匹布這麼長的意思當然是指原來的布料沒有加以剪裁，強調了鄧對衣料的尊重，叫人想像披上以後身體與衣料的自由關係，還有就是布料雕塑般的感覺。但另一方面，粵語題目這句話通常也指一個很長的故事，鄧達智也開了曾灶財的玩笑，一方面欣賞而借用他的書法，一方面也笑說他寫的故事真長得似有一匹布那麼長……

我想起那個喃喃自語的老人，在觀塘的天橋底下一面牆上如何固執地書寫他的家世。警察一次又一次把他拉回警署，對他起訴，最後也只好不了了之。他的書法，不管大家如何不接受，最終也變成了這城市街頭風景的一部分了。鄧達智借用他的筆劃變成布料上縱橫的圖案，出發點倒是很簡單的：他把曾視為頑皮搗蛋的同類人，而且他說想知道這種頑皮是否可以在九七年以後仍然是大家可以接受的？

鄧把哪吒、孫中山和曾灶財一口氣並列，也許令人驚訝。但香港確是個把不同時空、不同性質的人事不由分說地並置在一起的地方。就在我們坐的大牌檔旁邊，路口那兒一面文物牌子告訴我們這兒是孫中山先生過去在香港從事革命活動時，“四大寇”聚首的楊耀記舊址。就在這附近，你可以用不到一小時的時間，踏遍孫中山百多年前在香港學習和從事革命活動的足跡。但沒有什麼人會這樣做了。我在士丹頓街按址尋去，仔細張望，始終也找不到另一片說明這史蹟所在的牌子，只見美容中心、傢俬舖、新開的歐陸餐廳和酒舖招牌，顯示了中環自從行人電梯啟用以來這幾條街道換上的新面目。

也斯攝影：人物系列

今天你走在士丹頓街和伊利近街一帶，迎面都是一列列顏色鮮明、裝璜奪目的法國、意大利、越南、印度、斯里蘭卡、葡萄牙和西班牙餐廳，混雜在原來破舊的唐樓、雜貨舖和小茶室之間，形成了一種奇怪的混合。我注意到街坊的小舖如何適應這新的消費市場：原來是舊中環特色的兼賣雜貨的老字號米舖，現在在門前顯眼的地方擺上一瓶瓶法國波爾多紅酒，以迎合食客和居民的需要。

如果你找不到當年孫中山革命的總部，你總可以應閃閃紅星的招徠，在新開的紅星咖啡店吃一個“中國革命自助餐”，沙律吧任吃是六十八塊錢。餐牌上列出的食物包括“孔夫子沙律”、“無底碗”、“阿婆上海餃子”，還有雲南式煎羊乳酪、用法國黑菇汁調製中國冬菇，廚師據說來自加州。牆上的海報都是工農兵式革命海報，但在勞動階級粗大的手掌上握的不是鋤頭或鐮刀，而是滿滿的一杯杯西洋啤酒。

我們無意去試孔夫子沙律，繼續前行。鄧達智本人在八〇年代也玩過“工農兵系列”的時裝，但他對中國民生和衣料的感情比這深。朋友告訴過我說：鄧達智在八〇年代底回去山東所做的抽紗系列，是他所做的最美麗作品之一。他本來還要在八九年為上海方面到紐約和米蘭籌辦一個大型的抽紗系列設計，可惜因為六四事件發生，他無心繼續，也就擱下多年了。

我知道鄧對三、四〇年代的文人和他們的風範留下深刻印象。鄧曾告訴我，他看過一張三、四〇年代中國文人在學士台文藝沙龍聚會的合照，那種文采風流，也許才是我們理想的中國。鄧說先前不知道連旗袍也可以穿得那麼瀟灑，這幀照片就是他“風花雪月”系列的靈感。但等那系列出來，用上又鮮又柔的顏色，高高的鞋子，那又已不是原來的中國，是當代一個頑皮“百厭”的想像了。

我們在中環閑逛，沒法嚴格依循中國史蹟途徑的地圖，也沒法追隨一個外來遊客消費作樂的地圖呢。到頭來總只是這裡逛逛，那裡看看，隨意撿拾一點什麼，發展我們自己的路線。鄧達智在九六年的“街頭天使”系列，就是由街頭浪人的衣服發展出來，又一次壞孩子般本色地宣稱：“只有街頭浪人的衣服才是最有個性的！”把時裝節上珠光寶氣的貴婦嚇個半死。

可惜的是，鄧要搬離中環的工作室了。他打算搬回元朗屏山百年老屋的家中與家人同住，反正在中環的業務不多，他今年又會大部分時間在歐洲，還又會回去廣州做展覽，對他來說，這敢情又是一個新階段的發展吧。我們在中環街頭閑逛的日子，看來要告一段落了，祝他好運！

一九九八年初，原刊“*Patek Philippe*”No. 4

新界的生態

三號幹線通車，從元朗到香港的交通好似暢順了。但巴士公司取消了鄰近地區幾條路線的巴士，例如從天水圍經過嶺南學院的 69X 等，對沿線的居民非常不方便。嶺南同學抗議，巴士公司卻似乎還沒有顧及不同市民的需要，做一些補救工作。

坐在公共汽車上讀報。老是一些宏大的計劃。新機場、歌劇院、還要移山填海。望出窗外，青山與田野割成一片一片，這裡一個窟洞，那裡一個窟

也斯攝影：新界系列

洞，真是醜怪。也許變化是必然的、建設是需要的，但為什麼老是相信：一座億萬金元的新建築就可以解決所有問題？

沒有文化，就去建一座文化中心；沒有藝術，就去建一座藝術館。這就解決了問題嗎？還要掃平了原來的建設，抹殺了前人的痕跡，再在乾乾淨淨沒有歷史的地基上，建一座超前的新建築，宣稱一個新時代的來臨。

沒有銜接、沒有貫連、沒有歷史的回顧、沒有本地的經驗。老是在那裡嚷：一套全新的文化政策、大刀闊斧削減資源的教育改革、一個全新的藝術空間、一群全新的人類。

飛來峰。一座又一座的飛來峰。都是飛來峰，一座又一座，構成了新的景觀。

香港旅遊協會花金錢在外國刊物登廣告宣傳明年藝術節俄羅斯劇院來港演出。這不是不好。但欣賞俄羅斯劇院不一定要來香港吧。另一個小故事：在今年五月的英語文學節上，一位出版社的負責人說：她曾去信旅遊協會請他們在屬下的書店裡擺放香港文學的書籍，被一口拒絕了。

最不尊重香港文化的，到頭來還是香港人。害怕也沒有用，擔心也沒有用，飛來峰的時代已經來臨了。

資源、政策、建設⋯⋯可以是好事也可以是壞事。如果沒有有心人，沒有對本來環境生態的了解，沒有歷史的認識，沒有對事物欣賞的能力，沒有應變的靈活，好事也可以變成壞事的。

沒有資源的時候，過去大家也走出一些不同的小路。要是有了資源，反而形成權勢、排斥他人，可走的路反而變得少了，那就不是好事了。

不同的人上場，總有一群新人掌權，老是要否定過去，建設未來。但未來是建築在過去之上的。不體驗實在的民生，沒法繪畫出合情合理的藍圖。

放眼滿地的破爛、長久的積怨、分割的山頭。這是我們的生態，如何可以不好大喜功，建成更多人可以走的路呢？

一九九八年七月十三日，原刊《明報》

（上）（中）（下）
也斯攝影：新界系列

天水圍與西新界故事

我在天水圍住過兩年。後來，大家都在談西九龍那幾年，我在嶺南的創作班開始建議一項名為“西新界故事”的寫作計劃。學校在屯門，遠離地產商注目的文化地寶，不是傳媒的話題所在，這香港的後院，甚至有人覺得是窮山惡水之地了，下課後忙不迭要逃往文明的地方去。創作班教寫作，寫作也需要觀察和思考，對生活周遭的人事留神。我們從自己熟悉的人物、事件、地點開始，細察、描繪、加入體會和想像，是一種認識世界的方法。自己體會得來的認識，往往跟大家都在講的未必相同。

寫作不能強迫，還是得從每個人自己的興趣和熟悉的題材開始。我們發展了中環的故事，又串龍完成了離島的奇情戲劇。同學對深水埗熟悉當然會鼓勵她寫深水埗的故事。寫作可以做什麼呢？我想可以有許多可能性，試安排一些講座，探討寫作作為治療、作為報道、作為反省與思考的各種可能。有人講社工、護理的寫作、張翠容講戰地報道，我們還和嶺南老人學中心合作寫老人家的故事。

寫作是否也可以發展對社區的關心呢？我們安排了在創作課有新界實地查訪，又請歷史系的劉智鵬老師來講屯門的歷史。也介紹同學看陳雲的散文，陳雲一向在寫新界元朗的民俗，提醒大家不要忘本。

在窮山惡水裡找到的"鬼故事"

我們也知道：創作不等於寫史，然而創新還是需要有歷史的認識。同學的創意發展出來，從屯門、元朗一帶，如杯渡路、青磚圍、紅樓、置樂、藍地、三聖石、深井、龍珠島、天水圍寫了故事。像洪水橋的馬婆婆守護棗椰樹，對抗政府發展和村民的迷信，本身就是很好的材料，問題是怎樣把原始材料寫成有意思的故事吧了。

我們的歷史查訪亦不是跟着正史或野史直說，反而是想提出問題去思考，讓各人驗證：紅樓説是孫中山練兵之地到底是真是假？青磚圍的陶氏後人跟《桃花源記》的作者真有關係嗎？達德學院辦學的宗旨我們真的認同要奉為先導？天水圍在傳媒中的形象和實際民生有多大距離？

有一年印象派畫作來港展覽，我請何慶基來創作班，一方面用視藝來啟發創作，一方面做寫藝評的工作坊。我知道他畫過香港奇譚，把各種坊間傳聞畫成圖畫，如繪畫爬到山頂香港便會陸沉的蟾蜍石。我一九九五年編《今天》香港文化專輯，邀他把這輯新作在上面發表（同時還約馬國明寫荃灣、鄧達智寫屏山、王禾璧拍攝老殖民地建築、高志強拍深水埗和九龍城）。我把這些作品介紹給同學，並請何慶基現身說法。

何慶基九七前在藝術中心做過不少有趣又有意義的本土文化展覽，其中一個展覽虛構了魚頭人身的盧廷為香港人起源。我們談歷史的書寫與虛構引起同學興趣。嘉俊同學摹倣馬幼垣教授在《嶺南學報》的考據文筆，推論屯門的"屯"字本應作"豖"，由此推論文化的起源。四位同學從四個角度重寫一段中葡大戰、有同學從山貝河小鱷魚寫到鱷魚精永鎮國金樓、有同學以影后失蹤之謎溯寫藍地六〇年代一段歷史。自然還出現了不少靈異故事。這段日子同學寫得夠過癮了。藝術中心課程一群回流年輕策展人曾有興趣以這題材做展覽，結果可能是文化差距太大、文字與視像的距離一時不易跨越，結果未能成事。康文署要搞有關香港文化的出版，聽説同學寫了西新界故事，表示興趣。

我把稿件呈上，評審結果是：鬼故事太多了，對年輕人不是太健康！

年輕人去探討靈異故事，願意去面對生活光明以外的種種陰霾灰暗的面貌，其實可能更健康。迪士尼、國金、圓方、繽紛商場與活力都市以外，充滿環保意識、政治正確的西貢以外，也可以有人去寫當年車禍頻仍的屯門公路、因發展而受污染的流浮山、不健全地發展和規劃的天水圍吧！

我們也許變成一個個天水圍了

不要緊，寫作並不一定要立即發表。教同學寫作時説：過程是最重要的。希望同學逐漸對文字敏感，學懂欣賞作品，學會理解不同立場的人，能用文字表達和溝通就好了。創作班不是為了訓練同學得到文學獎，或是提供出位"攝位"的竅門。西新界故事的計劃才開始，還未完成。

光寫後設小説也不成的，真正融合現實和想像以地區背景寫出動人作品還不太多。王安憶寫上海里弄很出色、阿城下鄉到雲南邊界有觀察有反省、李昂從故鄉鹿港故事開始寫她後來的驚世故事。這幾位駐校作家的寫實筆觸，將來想對同學寫自己的環境會有很好的參照。假以時日，慢慢會寫出更多本地好的作品吧！

寫作班的導修課，跟商科的導修課不同，需要用很多的精力和時間。兩個小時，未必足以討論十五個同學的作品。我從港大搬到嶺南、從薄扶林道搬到天水圍，很感到物質與心理環境的匱乏。在教學研究方面亦感到不公之處。

也體會到在中心以外邊緣位置所受的歧視。我住進天水圍的時候，放眼堆置的貨櫃、交通的不方便（公路通路以後便把通往學校的公共汽車路線隨便取消了；更不要説輕鐵的老問題），整個規劃失去了舊社區的人情又沒有新社區的方便。但最重要的還是人們心中對此地的偏見。這令人想到城市中資源不均勻，彷彿要體面的屋主把不想見的東西遷離視線、放進雜物房、把問題擱置，像冰箱裡過期的食物、忘記了的餸菜。新移民如何融入社區、家庭暴力、社工資源……每次都是有事情發生了才大家吵鬧一番，過了一會又忘記了。

我住在天水圍，感到自己想寫的事情逐漸脱離了流行的話題。兩個九〇年代開始寫了初稿的長篇，一直沒時間修改好。堆積着未完的工作。自己作的工作逐漸為外邊的世界否定為沒有意義，不值一顧的，我們或許也變成一個個天水圍了。

傳媒總是善忘的。創作或許可以想遠點吧。我們跟同學解釋：社區文學未必像報上說的從二〇〇七年一月開始。四〇年代，就有詩人寫青山的新墟了；五〇年代的粵語片就有南生圍的影像；七、八〇年代，李國威在青山的路上寫了不少詩文。當然，開始的時候，在很早的時候，也很少人寫香港。

在許多過客心中，香港也像是個天水圍，不值一顧，文化中心總像是在他方。

二〇〇七年十月二十一日，原刊《明報》

開創中文系的陳炳良教授

我最先認識陳炳良教授，大概是在回港寫論文的一九八三年，真正比較熟悉，卻要到八五年到香港大學教書以後。我在英文及比較文學系，陳教授在中文系，但因為大家對比較文學和現代文學的共同興趣，也就比較談得來了。

也斯攝影：人物系列

但我這樣說是把問題說簡單了。在八〇年代中的港大，比較文學還不是一門真正被接受的學科。本來是可以溝通中、英文文學語文的學問，卻反而受到兩方面的懷疑和排斥。記得當時我在系裡開一門比較文學的課，也在中英文系合辦的翻譯課程教一門課。後來我才發覺，中文系選翻譯課的同學，原來都不准選我開的比較文學課“中國現代主義文學”，理由是“沒有用！”

我收的研究生，第一位討論香港小說、第二位寫女性主義小說、第三位寫詩與畫，每次在文學院開會討論，都有人強烈反對，不承認這是可以研究的範圍。這樣的風氣維持了好多年。我在港大十二年，前半期面對的是這種保守而不願承認新學科、新研究方法的態度；後來舊人逐漸退休離去，英文系和比較文學系分家，九〇年代以來逐漸也在改變，後來甚至轉變到了另一個極端。到了只是追隨時尚、強調新方法而沒有扎實的底子，也會走上矯枉過正的地步。其實守舊和趨新，只是一個錢幣的兩面而已。中文系本來就不強調現代的研究，陳炳良、張曼儀、鍾玲諸位離開後，留下更大的真空；若果沒有扎實的史料研究、又不理解西方理論的來龍去脈，徒然在發表和開會上作量的飛躍，研究和教學的成效未免令人擔憂。我們同在轉型期的香港從事研究教學，眼見種種行政干預、資源不均的限制，彼此自當相濡以沫；對於不必要的虛耗與愚昧，造成不必要的錯解與質的退化，徒然使人痛心。近十來廿年在香港經歷過學風變化的同事，恐怕都會特別感受到種種極端的偏見與浮躁，也就更欣賞真正抱持包容態度是多麼難得了。

我當時接觸到的陳炳良教授，以及閱讀到他的學術著作，的確有這種開放包容的感覺。陳教授自少好文學，台大一年，得到王叔岷、吳相湘老師的指導，在香港大學，受業於饒宗頤、劉百閔、羅香林、唐君毅諸位著名學者，對傳統學術如考證、校讎、目錄之道浸淫日深，赴美後隨李田意、傅漢思等教授鑽研中西比較文學，再涉獵新批評、神話、心理分析等理論方法，探索古今文學的奧義。陳教授出入於傳統和現代之間，卻能既非守舊、亦不趨新，調理取用，互相發明。陳教授身體力行，多年來致力融會西方文學批評，賞析中文文學作品，作出了不同尋常的成績。

陳教授有《詩經》、《楚辭》、《紅樓夢》的專論，亦講授古典文學的課。但他在七七年回到港大任教以後，同時負責開講現代文學課程，結果寫出了有關魯迅、張愛玲的專著、以及不少有關現當代文學作品的評論來。陳教授七〇年代在港大開張愛玲的課，可說是開風氣之先。尤其在港大當時整體輕視現代的風氣底下，陳教授做魯迅的翻案文章，用比較大膽的心理分析方法去講張愛玲等現代作家，當然令人側目，走得太遠了，也會惹起爭論。我的專業是從現代文學和理論開始，卻愈來愈對古典文學感興趣，也對牽強地套用西方理論深感懷疑，可是我對陳教授整體的方向倒是十分佩服的。

首先是他的批評相當細緻深入，會回到原文細讀，不會人云亦云。即使是用新批評的文本細讀方法，也會說明限制。寧願寫短文只提出一點新見，也不願長篇大論扯雜成文毫無自己觀點。他的見解，你同意也好、不同意也好（我有時也不同意），絕對是他自己想出來的。其次是他有人情世故的練達了解，用理論分析小說的人生也不致乖離人情。就我所見，他教的理論和批評方法，對於學生來說，尤其在當時的風氣之下，的確是有好的影響。得他真傳的好學生，除了對理論感興趣，亦從不忽略史料與人情。

陳教授的包容寬厚，還有一個例子可以說明。有一位反叛學生，年終考試時竟然逐點駁斥老師的理論，幸好他遇到的是陳教授，告訴我時也只是皺皺眉頭，既沒有給這學生減分、也沒有拿他怎麼樣！

陳教授當時是中文系的教授，自然比我們這些新人少遇到刁難。對整體的風氣，他也是無能為力，但私下對在中文系教創作和台灣文學的鍾玲，以及在英文系教現代詩和中國現代主義的我，則時有支持鼓勵。當時有台灣教授訪港，在中文系問起香港文學，得到的答覆是“香港沒有什麼文學！”一九八五年春天我幫港大亞洲研究中心籌辦第一次的“香港文學”學術研討會，在四周輕視香港文學的風氣下得到陳教授和他的高足參加和支持，實在感謝。當時邀約的會議論文未能出版，後來得陳教授收入所編的《香港文學探賞》一書中。對於率先承認討論香港文學的論文，並接納我們的意見包容不同的論點和視野，確是難能可貴的做法。陳教授在這之後還為香港文學界寫了不少評論。

從一位批評家的作品裡往往可以看見他的性情和人品。我們說他開放包容，他又其實有一份固執。說他可親，他又不是老好人，他也會不平則鳴，也會生氣的。他很慷慨，願意花時間去欣賞閱讀新作品。他又有一份驕傲，評論作品之前絕不會跟作者細談。他寫評論就像人家種花或買菜一樣自然：“假期裡寫了篇東西，給你看看！”原來他放假幾天，又寫了一篇新作！他對於閱讀和賞析作品，的確有一種由衷的愛好。

他批評文學作品從沒有功利的理由，也從不勢利追隨潮流，有時反而故意挑難讀的作品來細讀。他不和稀泥、也不理原作者怎樣想，其中自有作為一個真正批評家的自信。

我到最近幾年才知道陳教授年輕時也寫舊詩。讀他退休後的近作，見他懷念培正中學關存英老師、或是當年替他補習的鄭水心老師，在這些念舊的有情文字中，發覺他都記得他們寫過的舊詩。我到最近才看到他自己的“冷香室十八首”諸作，想不到這位早年就饒有詩才的舊詩作者，後來卻成為新詩的熱心解人。他從不會終日回想而對今日種種作酸澀之語，亦不會挾舊而輕新，倒真是比他同代或後來的人都更超脱融通了。陳教授衷心喜愛文學，實在是從談文説藝中得到樂趣的真人。

一般人以為中文系都是酸秀才，搞的是派系的排擠與鬥爭，一心只會挑剔別人的用字和讀音，把文字用於唱酬和刻薄；陳教授從舊一輩走過來，可説開了新的風氣，把文字用於更廣闊的批評和賞析，探索民族神話的源頭、認識今人心頭的曲折，開拓視野，潛移默化，對受教的一代人提供了辨識人事的基礎。

陳教授九〇年轉往嶺南，在相對年輕的（以香港時期而言）嶺南大學中文系確立了現代文學研究的重點。還在司徒拔道時期，他主持中心的時候，開始連續辦了幾屆"現代中文文學研討會"，給了年輕學者發表論文機會，又能有選擇性地邀請海外及台港大陸學者參與，整體照顧到論文集的扎實水準。他很專業，寫得很快，準時交稿。陳教授在編輯方面也是一個現實主義者：追稿實事求是，絕不容情，我八○年代好幾篇較長的論文，如談抒情小說、現代主義文學與電影，都是在陳教授鐵腕政策底下催逼出來的。去年他還好意提醒我：應該好好把散落各處討論文學及電影的論文編輯成書。這種對後輩的關懷，實在令人感激。

陳教授兼理系務多年，照顧了中文系成長的大方向，確立了它的特色，後來才因健康關係辭去系主任職務。陳教授孤身一人在港，起居飲食也許沒有得到好好的照顧，但他以強韌樂天的態度，以寫文授課度己度人，在有限的範圍內也盡量為自己找一點生活情趣。陳教授的長處是融會古今、對創作和評論同樣尊重。退休前授課未嘗放鬆：教的"神話與文學"不僅大受三年級歡迎，二年級同學也要慕名選修，結果徇眾要求加開。

陳老師對學問和做人，都有一種細膩，他的高足往往也感染了這一點。陳教授對他的學生很關心，他的細緻令他除了學業也留心他們的事業和家庭。陳教授好些學生奉行舊例，過年過節團聚，我有幸參與，也真感到了其中的溫暖。陳教授榮休，相信有更好的環境繼續從事他的研究了。在學生來說，學問的增進和深研是對老師最好的回贈。後輩圍坐歡宴老師說要把新的論文輯成新書，以示對老師榮休的祝賀，這確是一種好風尚。我也再一次叨陪末席，聊書數語，謹致敬意。

二○○一年六月，序《杏壇擷英——陳炳良教授榮休紀念文學研究論文集》

韜哥的藝術

有一段時間，很怕到外面吃飯。部長一站在你身邊，便推薦鮑參翅肚，想叫的小菜沒有，勢利的嘴臉叫人難受。好不容易七折八扣叫來幾樣勉強想吃的東西，一嚐全是味精！談話的途中不斷有人來換碟子，菜還未吃完便搶着收去了，逼人吃完甜品，伙計便站在那兒等顧客離去打烊。整個飲食過程是流水作業，吃完了也記不起吃過什麼。

直至遇上韜哥，韜哥是真正熱愛食物的朋友，叫人敬重。他懂食物，他熱愛自己設計出來的菜式，他照顧新知舊友的腸胃，他會告訴你烏頭要白水浸才嫩，雞要用銅盤蒸傳熱才均勻，冰肉要浸過玫瑰露去腥解膩，頭抽香味最濃郁，酸梅令豬肉香口不油！韜哥何止有學問，簡直是藝術家，充滿創意，全情投入。説到經典炒飯要不停翻兜，韜哥熟練的手勢示範揮舞，肚腩也隨着一上一下。韜哥是真正的食神，為我們帶回民間樸素飲食的樂趣。

我們的學校在屯門，最初老師同學都有點被放逐的感覺，一放學就匆匆從“窮山惡水”趕回市區的文明地帶。這到底不是辦法，有兩年我要照顧學生事務，幫同學搞文化活動，便動員我的攝影師朋友來帶同學做視覺探索，用攝影機去鍛煉眼睛，看看生活周圍環境的社區，又找戲劇家來幫同學排戲，時裝設計師和食家來談日常生活。講座完了，談興未盡；排了一天戲，肚子餓了，到哪裡吃飯呢？像梁家泰、鄧達智這樣的藝術家，甚至像唯靈這

（上）（下）也斯攝影：人物系列

樣識飲識食的前輩，找個什麼地方才不委屈他們，可以從容跟同學聊天？幸好有大榮華，真正代表了新界西北的社區文化。

同學如果有興趣，也往往可以通過圍村飲食，去了解新界的過去。他們會通過食神的故事，知道過去元朗八鄉的四寶，可惜的當然是流浮山生蠔、青山灣方利、元朗絲苗米都已因為政府收地、化工廠污染、不重視本地文化的規劃與發展而一一絕跡了，即使是天水圍烏頭，每吃一尾鹹檸檬、陳皮、芫荽和蔥調味的白水浸烏頭，我們邊聽見韜哥自豪地說：“你用筷子插一插魚背，黃油就流出來了！”又邊聽見他感歎說：“大地產商把魚塘的地都收購了，再遲些就吃不到這樣的烏頭了！”

韜哥是一本活的歷史，他告訴我們元朗過去種豆，有好的腐竹工場，舊墟東頭村有大水坑，現在腐竹工場和碼頭都沒有了。吃今天的蟹肉韭黃炒河口絲，我們聽到“銀蝦蜆仔炒長遠”的典故，知道是圍村母親過去送兒子到英國打工時煮一頓菜寄託的感情。喝一口田園麥米粥，我們知道過去水田工作的辛酸，明白過去的人情和機智。

教創作課，同學想不出報道的題目，我往往提議他們去訪問韜哥或其他元朗食肆店舖的主事人，不僅是因為鄉情掌故，在背後我還希望他們通過飲食，看到韜哥敬業的藝術和人情的寬厚。小菜也大有藝術，調味也大有學問呢！為什麼鴨配香荽，雞配薑蔥，燒雞肝用薑，蒸豬板筋用寮步豆醬，拌茄子就用熟豉油麻醬？認識物性，善用材料，靈活配搭，轉出新章，不也正是創作之道嗎？當韜哥想到以金銀蒜蒸南瓜代替豆醬蒸南瓜，用酸梅醬燒一字排代替蒜頭豆豉燒排骨，他是更上一層樓，創出他的故事新編呢！世事洞明即學問，人情練達皆文章，博雅教育未嘗不可以從圍村菜開始。用心煮的家常菜，若能用心去吃，也可以體會到創作的藝術了。

二〇〇三年七月十三日，序《點醬美食》

嗜同嚐異

——從食物看香港文化

最近在台灣參加一個國際詩歌節，其中一場朗誦會上，法國詩人朗誦完了，一位女讀者站起來發言，說法國詩總是令人想到浪漫的愛情，法國詩人果然是浪漫的！她好像沒有理會剛才那位法國詩人其實並沒有她想像的那麼浪漫，她只是一個勁兒把心目中的典型投射到詩人身上，教他啼笑皆非，無話可說！

也斯攝影：食肆系列

我們對其他文化，總是帶着某種定型的想像吧？當我準備前往法國里昂一個會議的發言時，不禁屢屢想到：外國對香港的印象是什麼呢？我想到好一些，其中一點，大概是“美食”吧！我正苦於不知怎樣才能為 Villa Gillet 安排的節目來好好寫一個發言，生動具體地說出香港文化的特色，至此靈機一觸，就想不如從食物說起吧，恐怕沒有什麼比食物更具體更生

也斯攝影：食肆系列

動了，而且我所有法國朋友都跟我推薦說里昂是一個美食的城市，從食物說起，恐怕彼此更易溝通吧。

以食物來談香港文化，並不是臨時的急就章。我寫作以食物為題材的組詩，始於一九九七年，當時溫哥華要辦一個香港文化節，邀請我去作一場關於“香港文化”的演講，我剛寫了一些有關食物的詩作，便建議以創作代替演講，在當地的 Artspeak Gallery 舉辦名為“食事地域誌”(*Foodscape*)的展覽，這是我從食物探討香港文化的開始。組詩第一首是《鴛鴦》，鴛鴦英文有譯為 mandarin ducks，法文大概是 les carnards mandarins 或 aix galericulata 吧，鴛鴦是出雙入對的一雙鳥兒，因而也借喻一雙愛侶。在傳統中國詩詞裡，我們說“只羨鴛鴦不羨仙”，而“鴛鴦蝴蝶小說”則是纏綿動人的愛情小說；但在香港日常文化裡流行借用的“鴛鴦”這詞彙卻並非指向浪漫的結合，而是另有所指：它指在普通茶餐廳裡供應的一種飲品：是茶與咖啡的混合。這恐怕是非常自覺彼此“他異性”的一種結合吧。

鴛鴦

五種不同的茶葉沖出了
香濃的奶茶，用布袋
或傳說中的絲襪溫柔包容混雜
沖水倒進另一個茶壺，經歷時間的長短
影響了茶味的濃淡，這分寸
還能掌握得好嗎？若果把奶茶

混進另一杯咖啡？那濃烈的飲料
可是壓倒性的，抹煞了對方？
還是保留另外一種味道：街道的大牌檔
從日常的爐灶上累積情理與世故
混和了日常的八卦與通達，勤奮又帶點
散漫的……那些說不清楚的味道

這詩從兩種不同事物的混合開始。香港一向被認為是東西文化交匯的地方，可是這"東西文化的相遇"（East meets West）是以怎樣的形式進行呢？

中國在十九世紀的鴉片戰爭敗落後，把香港割讓予英國。香港於是成為英國的殖民地，無疑令香港在中國人聚居的城市之中發展了一個西化的身份。

但香港又與印度等殖民地不同。在土地廣闊、各省說着不同方言的印度，英語最後取代其他變成統一的官方語言，而在香港，儘管英語也是主要的官方言語，亦是商業用語，但中文卻相對未受壓抑，而且在七○年代民眾力爭之下，也成為官方言語之一。市民百分之九十八在日常生活中使用中文，各種傳媒亦以中文為主。

而在教育方面，英文教育雖然佔盡優勢，但中文教育未像亞洲其他一些地區那樣受到壓抑，只不過是更着重傳統的古典文學教研、着重儒家思想等比較正統而無顛覆性的思想。當中國大陸一九四九年以後建立社會主義國家，歷經政治的鬥爭而至文化大革命（一九六六－一九七六）這樣否定傳統文化的高潮，香港這個有自由而無民主的邊緣小島，反而容納了新儒家學者五○年代在此地創辦新亞書院、流亡或移民的學者繼續古典文學的研究、民間保存了對傳統戲曲的愛好、學院中人亦有對中國藝術和音樂的研究。而從小學開始，學童皆能琅琅上口背誦唐詩而非《毛語錄》。儘管香港政府教育政策保守，課本裡選擇五四以來的新文學也挑選朱自清、葉聖陶等比較溫和而有教育性的作品，民間雜誌卻時有對被遺忘的五四作家作出介紹；在中國大陸文化大革命結束的七○年代末期以前，在台灣一九八七年戒嚴令取消以前，只有在香港和澳門的舊書店裡能輕易購買到在大陸和台灣都不能讀到的作品。

雖然同樣是在一九四九年離開大陸而形成新的華人社會，但香港並沒有像台灣那樣，自詡為中國傳統文化唯一正統繼承者。這我們或許可以回到食物的話題來看，在一九四九年以後，中國大陸的政治取向大大打擊了小資產階級的飲食口味，這也可以在電影或文學作品中見到。五〇年代著名的喜劇電影《滿意不滿意》寫的就是名食店改為大眾食堂後，堂倌為大眾服務的心理調整過程，而陸文夫的《美食家》則讓我們看到一位蘇州美食家如何在文革期間被鬥爭而歷盡坎坷。國民黨的政府在四九年南渡台灣，形成另一明確的政治權力中心，南京和重慶的政權有所延續，蔣介石喜歡的是江浙菜，外省人帶去了不少北方菜，舊時王謝堂前燕，也仍然高飛在吃閩南菜的尋常百姓家之上。

香港的情況卻比較混雜，近年雖然也有據說是蔣家後人在香港經營的蔣家菜，也有謠傳說是鄧小平或什麼領導人的御廚來港獻藝，但從小習慣閱讀左右、中英各種不同報紙長大的香港人還是實事求是，以嘴巴檢驗真理，並不特別對政治權勢買賬。各種中國美食隨着政治社會的變化傳入香港，形成了好似"大江南北菜"並存的局面。香港人並不見得會愛吃毛澤東喜歡的湖南紅燒肉，但卻會到左派的裕華國貨公司購買茅台或花雕美酒；未必認同蔣介石的口味，卻也不怕跑遠路去試在鑽石山詠藜園食店著名的四川擔擔麵，鑽石山當年聚居了不少來自重慶國民黨的軍人軍眷和老百姓，後來也有電影片場創建於茲，"詠藜園"的名字據說還是由導演張徹改的。

傳統的中國菜式，連起各種傳說和逸聞，在香港流傳，不過如果我們仔細分析，就會發覺在對傳統接收的過程中，也產生了輕重的轉移和變化。比方正統皇帝口味的御膳、國宴等，從來在香港就沒有怎樣流行過。又因為地理和性情的關係，自然是南方菜比北方菜流行。另外因為五〇年代逃難來到香港的都是難民，以謀生和覓一棲身之所為主，香港文化亦是在簡陋而混雜的處境中發展出來的。香港市民多熟悉的食物是廣東飲茶的點心、雲吞麵、車仔麵、白粥油炸鬼。但點心的發展也逐漸離開了原來廣東的規範，加進了受外國影響的食物如芒果布甸、蛋撻，加進本地價廉美味的鳳爪、魚雲、東南亞的甜點喳喳

蓮香樓
蓮香樓
所有單拼燒味飯 $16
雙拼燒味飯 $18

正宗潮州滷味
澄海獅頭鵝 每斤 56
潮州滷大鴨 每隻 半隻 25
馳名貴妃雞 每隻 50 半隻 25

（上）（下）也斯攝影：食肆系列

等。廣東筵席上的名菜鮑魚和魚翅在香港有了摹倣戲謔的版本：有用麵粉製造的素仙鮑魚，和用粉絲代替的魚翅，以非常廉宜的價錢，變成路邊的零食。

數香港的傳統食物，可以數來自廣東的客家菜和潮州菜，傳統的潮州菜在香港上環舊區發展，後來變成散佈各街市附近一般人宵夜的“打冷”夜攤。客家人的歷史久遠，據說可上溯到五胡亂華時代的人口大遷徙，再經歷朝動亂，從不同路線移居至南方和沿海一帶。多年輾轉流徙，唯獨仍然保存了他們的方言和習俗。客家人隨遇而安、勤儉樸素，這也在他們的菜餚上表現出來。香港五〇年代流行的客家菜，以沿東江一帶惠州等地的東江菜為主，還有江東的山區菜，來港後在圍村發展的圍頭客家菜。菜式也常見因流徙不定、積穀防飢而來的醃菜鹹菜、農耕耗力而需的肥膩肉食、田地山區就地取材的野菜雜根等，如梅菜扣肉、炸大腸、豬紅、豆腐煲、還有清末沿海鹽工把雞包在鹽中而發展出來的鹽焗雞，都曾是五〇年代小市民上館子的美食。但是客家菜肥香重鹹，這農業社會的口味，在六〇年代城市發展及西化的風氣下逐漸被其他食物取代了。直至最近才又隨懷舊潮再重新出現了新派的客家小棧。

香港新界最傳統的菜式要算圍村菜，這是可以計算出來的最早從中國來香港聚居的農民傳統菜色，其中過年過節吃的盆菜更上溯至宋代，據說是文天祥將軍大軍退至此地，農民們急就章地把所有食物放在盆中供他們進食而發展出來。這不禁令我們細想：這種傳統的源頭，是不是本身就有拼湊和借用的成分？

也斯攝影：食肆系列

盆菜

應該有燒米鴨和煎海蝦放在上位
階級的次序層層分得清楚
撩撥的筷子卻逐漸顛倒了
圍頭五味雞與粗俗的豬皮
狼狽的宋朝將軍兵敗後逃到此地
一個大木盆裡吃漁民貯藏的餘糧
圍坐灘頭進食無復昔日的鐘鳴鼎食
遠離京畿的輝煌且試鄉民的野味

無法虛排在高處只能隨時日的消耗下陷
不管願不願意亦難不蘸底層的顏色
吃久了你無法隔絕北菇與排魷的交流
關係顛倒互相沾染影響了在上的潔癖
誰也無法阻止肉汁自然流下的去向
最底下的蘿蔔以清甜吸收了一切濃香

愛酒人士湯馬士

也斯攝影：食物系列

南來的菜式，亦因應本地的物產氣候，而作出種種磋商調整。元朗的圍村菜，善用本地的絲苗米、魚塘的烏頭魚、本地的蝦醬頭抽魚露、為在水田工作而煮的麥米粥。正如一代一代的作家南來，也逐漸調整適應去認識本地生活與文化。鄉土的生活逐漸變得不可能了，城市逐步發展了。在背後，香港與廣東的文化仍然一脈相承，如粵劇仍然深入民心、影響深遠，但在香港也出現了唐滌生這樣的劇作者，芳艷芬、任劍輝、白雪仙這樣的紅伶，為粵劇帶入了新的生命。嶺南畫派後有傳人，在香港也產生了新派水墨畫。在文學方面，來自廣東的我們會想到詩人力匡，離鄉後持續抒寫懷鄉的浪漫詩作；另一位是多產的流行作家三蘇，在報刊上既連載《經紀日記》等市井流行小說，又用粵語正言若反地撰寫怪論針砭時弊。他以史得筆名撰寫白話的言情小說，更令人注目的是混雜文言、白話與粵語的文字，把“三及第”文體發揮得淋漓盡致。所謂“三及第”文體，跟我們討論的主旨相關，因為它是一個食物的比喻：我們日常生活裡說煮出“三及第”飯，即是指一窩煮熟了的飯裡既混和了未煮熟的生米飯，又有煮焦了的飯焦！不盡同於食物比喻的是：“三及第”飯不對食客的胃口，“三及第”文體卻一度頗受讀者歡迎。力匡和三蘇兩位作者若在一九四九年後留在廣東，一定不會寫出同樣的東西來。

傳統文化在此的變化移位，當然跟作為南方海港城市香港本身的性質有關，與它的西化背景、商業營運、一代一代移民的來去也有關。

西餐很早就在香港流行，但西方的文化也不是原封不動地就照搬過來。戰後在香港流行的西餐，稱為“豉油西餐”，即是說，基本上是西餐的做法，但為了中國人的腸胃，適應有些人受不了牛油和牛奶，用的是中國式的調味。這些食物的性質和名字，見出了中西文化相遇的驚奇、誤解與調協。例如有一種湯叫“金必多湯”，這在今日一些餐廳的菜牌上還可見到，其實“金必多”即是 compradore，即是“買辦”之意。在早期的中西貿易中，買辦當然是一個新興的角色，是兩種文化的中介人。這種湯底猶如西餐的奶油餐湯，裡面卻加了魚翅，在外國人面前顯示了它的中國性，又在中國人面前炫耀了它的西方面貌。另外有些菜式，例如“瑞士雞翼”，卻與瑞士無關，其實是用豉油和糖醃製的焗雞翼，傳說當年有外國人吃了，說調味醬汁（sauce）如何如何！（又有一個說法是說：太甜了 too sweet!），聽的人把 sauce 或 sweet 聽成 Swiss，結果就以訛傳訛，變成瑞士雞翼，沿用至今。這些食物的源頭裡，原就充滿了誤讀和誤解發展出來的想像。但當年的一些西餐菜式，像焗豬排飯、葡國雞飯、茄汁意大利粉等，也已經變成香港中西食肆的日常食物了。

這種豉油西餐本是與廣州同步發展，並在一九四九年後繼續發揚光大，今天在太平館等餐廳還可嚐到。另一種西餐的模式則來自上海，是當年上海霞飛路的白俄餐廳，隨着一九四九年移至香港。當年不少上海人，包括知識分子，來港後聚居北角，令北角有“小上海”之稱。我童年時在北角放學時會嗅到上海舖生煎包的香味，或在街角嗅到臭豆腐的臭味。我也會看到當年的溫莎餐廳、

(上)(下)也斯攝影：食肆系列

車厘哥夫餐廳陳列出來的精美自製巧格力和麵包。這些貴族氣派的白俄餐廳逐漸消失了，其中一所皇后餐廳在王家衛六〇年代背景的《阿飛正傳》中留下它的影子，但卻更像今日的茶餐廳而不像當日的白俄餐廳，或者就像一切懷舊的影像，是過去與今天的拼湊吧！現實中的皇后餐廳仍然存在，但已搬遷過許多次，我想除了它的大門，再沒有什麼保留下來了。但是羅宋湯和俄國牛柳絲飯等，卻已流入民間，也在平民化的茶餐廳的午餐菜單裡了。

來自上海的當然不僅是生煎包和羅宋湯，來自上海的文人也帶來了三、四〇年代在上海開始發展的文學上的現代主義。

上海在三〇年代開始，有一群對城市現代生活敏感的作家，如施蟄存、穆時英、劉吶鷗等受了日本小說家如谷崎潤一郎、橫光利一，或者法國作家如保爾．穆杭等的啟發，開始以現代手法描寫現代都市景象、刻劃心理。在一九四九年前後移居香港的上海作家中，有許多不同風格的作家和新聞工作

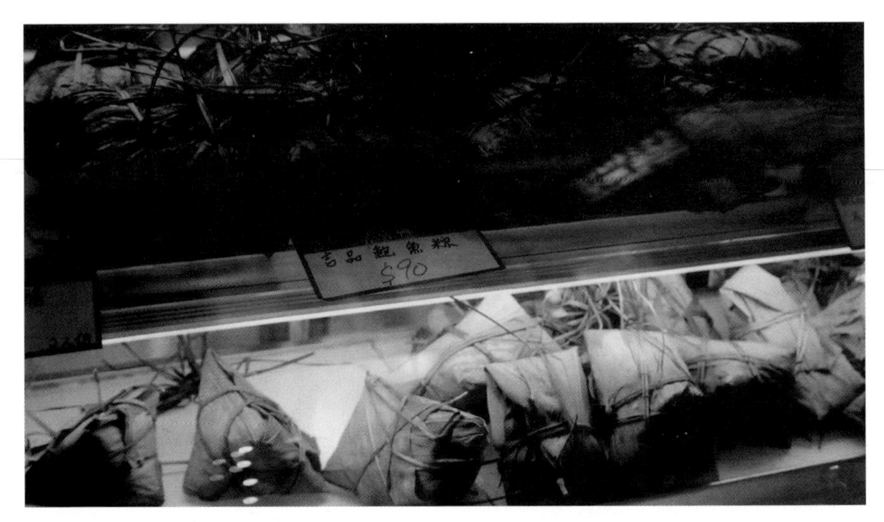

也斯攝影：食物系列

者，也包括了上述那群作者中的葉靈鳳，不過他後來改寫流行小說謀生，興趣轉向收集及撰寫有關香港的掌故，沒有繼續早年的嘗試。倒是當年兩位較年輕的作者繼續在香港推動現代主義：一位是詩人馬博良（馬朗），他一九五六年在香港創辦《文藝新潮》，譯介西方的現代主義文藝，並鼓動創新；從馬朗的詩作我們可以見到從中國四〇年代抒情詩轉向更複雜的現代詩的過程。另一位小說家劉以鬯在六〇年代初編《香港時報．淺水灣》副刊，同時譯介了不少現代小說的創作與討論。劉以鬯在一九六三年出版的《酒徒》被譽為中國第一本意識流小說。然而正如西方食物的引進經過不少調整以適應本地胃口一樣，這小說從本地文化脈絡看有更大的意義，這前衛的創作既是在晚報連載的限制底下完成，內容上亦充滿了對香港當時通俗文化的嚴厲批評。

劉以鬯是個過渡，連起上海與香港。同代南來作家中他是少數成功地把寫上海的經驗，轉移到寫香港的經驗。約十年後改寫發表在雜誌上的中篇小說《對倒》（一九七五）很能代表這種雙重角度：兩個主角中一個是來自上海的中年男性，一個是在香港成長的少女；一個懷想過去，一個展望未來。我們看到作者從《酒徒》對現實的憤怒批評轉向對現實的觀察。作者做到了融會新技巧轉向香港的現實。我們在戰後出生在香港成長的一代，受惠於前代這些作者的翻譯而引向更廣闊的外國文學、回顧而發現中國五四新文學中另外的傳統，同時展開我們自己面對轉變中的香港城市的書寫。

當我們開始時，面對的是繽紛也是雜亂，甚至有人認為簡陋得一無所有。大家都說香港是文化沙漠，來自北京的說這兒寫的中文不夠純粹，正如這兒的北京填鴨不是真的北京填鴨；來自倫敦的說這兒說的英語不夠標準，正如在這兒沒法吃到正宗的炸魚薯條一樣。近年中國大陸揚州的大廚師傅說要把揚州炒飯的食譜正式註冊成為專利，認為其他地方炒的都不正宗，香港這吃揚州炒飯最多的地方，對此覺得是個笑話罷了！儘管香港可能不經意地保存了最多中國傳統的菜式，也同時知道傳統不可能一成不變，得在現實生活的磨損中調整更新。香港仍有不少傳統的習俗，但大家亦像海辛的小說〈最後的古俗迎親〉的角色，理解這古俗隨時會變成"最後的"，鋪張的古俗隨時變成旅遊或民俗展覽的媚俗了。在香港這地方長大，我們基本上沒有一副民族主義的排他腸胃，反而由於位處在邊緣的位置，比較容易接納其他遭受偏見和歧視的邊緣食物。

也斯攝影：食物系列

戰後出生一代的新浪潮導演許鞍華在七〇年代開始就拍了由越南難民潮引起的越南三部曲——這也是陶然在小說〈海的子民〉觸及的題材。香港小說中同樣有王璞的深圳經驗，蓬草、綠騎士、黎翠華的法國經驗，施叔青等人的台灣經驗。但"他異"的經驗從一開始就是香港經驗的一部分。印度人聚居的重慶大廈、石崗和錦田一帶的尼泊爾族裔、佐敦道發展出來的越南社群、後來從中環開始的星期天菲律賓女傭的聚會、九龍城陸續形成的泰國、印尼潮州社群、北角從小上海變成小福建，連帶不同族群的食物，互相滲染，令城市的面貌，正如它的文化身份，不斷在變化。

文化身份也可以是種裝扮，民族感情高漲的六〇年代，也同是西方影響最重的年代，記得我們有些朋友換上唐裝，彈起古琴，講究起茶道來了；另一些則懷念倫敦舊書店英倫風采，講究英國紳士派頭，在香港半島酒店殖民地建築裡喝下午茶。一九九七年回歸前後，這些形象又再流行。儘管我對閑靜的中國茶道或優雅的英式下午茶都無反感，有時間亦樂於一試，而在日常生活中，我們大部分人，也許還不過是走進茶餐廳喝一杯奶茶，或者鴛鴦。

現在我們可以回到開始時提到的"鴛鴦"了，鴛鴦最先是街頭大牌檔的日常飲品，由咖啡與茶混合而成。咖啡當然來自外國，咖啡當然帶着咖啡園種植的殖民歷史，可是這茶也已經不純粹是中國茶，中國也許是最先喝茶的國家，但茶在東西文化的交流下傳到英國，結果是英式化的奶茶，又再經民間轉化而變成香港特色。香港民間的奶茶，還流傳了種種炮製的秘訣。有說要以五、六種茶葉按比例混合，才泡得香濃。有說要加進磨碎的蛋殼，才會幼滑芬芳。最荒謬的說法，是說要用女子的絲襪過濾，才夠美味。其實這傳說也連帶着香港歷史發展的傳說：五〇年代上環三角碼頭的苦力，在那一帶的大牌檔流連，看見煮茶的茶袋染成淺棕顏色，恍如當時剛從西方傳進香港的女裝肉色絲襪，以訛傳訛，也就變成用絲襪沖茶才最美味了。這也代表了某種面對現代化而來的驚詫與誤解吧？這誤會可成了日後想像發展的開端。我關心的倒是：這種種相衝與相撞，產生了種種怎樣不同的關係，可會互相抹煞，還是發展出新的美味？而每一間小店、沖的每一杯茶，都有不同的可能，要細嚐才清楚。

我們現在經過溫哥華和多倫多，也會看見寫明出售"港式奶茶"的茶餐廳。香港也不一定是在香港的範圍以內了。更妙的是，我最近在東京的時髦咖啡店，也發現了稱為"zen 茶 fe"的飲品，是日本本土的綠色抹茶，混入 espresso, cappuccino 或 latte 等類咖啡，任君選擇！

我可以肯定的是，香港小茶餐廳的老闆，不會去註冊申請"鴛鴦"的專利權！

二〇〇四年三月，原刊《香港文學》

《香港食景詩》，二〇〇四年七月十二日至十月四日，沙田文化博物館。由梁秉鈞、李家昇、陳敏彥合作的詩、攝影及裝置藝術展覽，從食物的主題探討文化與歷史。

（上左）（上右）（下）也斯攝影：食物系列

THE HUMAN-FACED-OLIVE*

Bitter green skin gripping the self tight
and always attracting incoherent encounters
unwilling to be mistaken for olive or cloudberry
always wanting to tell its own flavour

hugs and knocks leave black stripes behind
on the plate they suffer gentle steaming
no longer bothered by slowly-stretching skin
exposing the world-weary face on the kernel

softer and gentler , but they're summer's sourness still
infecting a thousand dishes and being infected again
reviving these many years numbed appetites
still looking for a fresh start beyond the banquet

*Also known as Chinese dragonplum.

by Leung Ping-Kwan
(Translated by Brian Holton)

人面

梁秉鈞

青澀的表皮緊抓住自我
又總招引不相干的邂逅
不願被誤當橄欖或山稔
老想說清楚自己的味道

擁抱過也碰傷留下黑斑
在盤中飽經文火的蒸熬
不再計較皮膚緩緩舒開
露出了核上滄桑的人面

柔和了又仍是夏日酸澀
感染千重菜餚又被感染
隱沒了還翻新眾人胃口
飽饜外再尋清新的開始

"高呼希雲"是新出現的服飾展覽空間

西九龍與不顯眼的博物館（代後記）

一、朗豪坊與砵蘭街

朗豪坊。又一座高樓豎起來，這次是在旺角，過去不以豪華高樓著稱的地方。

有事路過，便也去湊熱鬧。在旺角的街道上，拐一個彎，果然就見到了。遠看像一座異形，走近去，走進去，卻沒想像中那麼奇詭。不都是說：朗豪坊作為一塊新的地標，要改變整個旺角的形象嗎？我想像一個格力佛，站到了小人國的棋盤上。哦，可沒有這麼嚴重，只不過在舊街上，豎立了一座高樓，也不特別的寬敞，也不特別涇渭分明，從砵蘭街，一下子也就走進去了。之前來過的朋友說：“人很擠，乘自動電梯，不要跟人行的扶手電梯！不然上去要半個小時！” 到頭來也沒有那麼嚴重。長長的扶手電梯還是有趣的。頂樓的泰國餐廳稍等了一下，也就有座位了，只是有點狹窄，天花板有點過矮。也有不少臨窗的位置，只是望出去，也只見周圍的舊樓。

三、四樓的食店和商店，有趣地呼應了旺角過去附近的店舖。看來，似乎不是旺角被朗豪坊改變了，而是這座新來的巨廈，一下子就被旺角同化了。千篇一律的商場，若能發展地區的特色，各有不同的面貌，不也是很好嗎？這塊地方，任何一塊地方，在遠方眺望，和走在其中，總有不同；建成怎樣的外形，還要看發展出怎樣的性質來，到頭來是要看聚了怎樣的人，來的人怎樣去用它！

報上老在說朗豪坊建成後，砵蘭街一帶的黃色事業就要往外遷移，變得更邊緣化了，就現在看來，似乎還不見得一下子就改變過來。

走在砵蘭街上，想起一位導演朋友拍過那齣關於砵蘭街的電影。導演來自廣州，拍過有關粵劇老撰曲人的故事，拍得不錯，來到香港要搜集資料，我們都樂於幫忙。過了幾年以後，導演打電話來叫我去看他的電影，說是藝術片曲高和寡，要多多幫忙。我找了幾個朋友去看，電影裡說一對夫妻約在香港見面，卻被計程車司機騙了去住在砵蘭街，電影裡不光是砵蘭街，整個香港都好像是妓寨一樣。這對外來夫妻對這地方很鄙夷！英國朋友來到，去到香港的酒吧就說：這殖民地，連酒吧也摹倣英國，真沒有個性！電影對香港顯然沒有什麼好感，唯一稍為叫他的主角歇一口氣的地方，是南丫島，那裡有些外國人喝喝啤酒，彈彈結他，大概就變成有點“藝術”的氣氛了。

散場出來，發覺整個電影院就只有我們幾個人，加上導演帶去的幾個人，大家打個招呼，也無話可說，只好說再見了。

後來我想，香港不少拍得更好或更壞的電影都曾以旺角為題材，尤其黑幫打鬥、警匪追逐，從《旺角卡門》到後來的《旺角黑夜》，其中旺角這舞台藏污納垢、黃黑賭罪，從來不是人間美景，但為什麼反而從來未曾這樣被“天真而無知地鄙視”，而令人覺得無話可說呢？

我自己比較喜歡方育平的《半邊人》，其中的主角是賣魚的阿瑩，她在賣魚之餘，仍想學東西，跑去“電影文化中心”修讀課程，而電影中和現實中的電影文化中心所在，正是砵蘭街。旺角的棺材舖和雜貨舖、藥材舖、舊書舖以及一樓一鳳之間的，正是還有民間力量籌組起來的電影文化中心，推廣文化，發展藝術教育。不明白香港過去這特殊的組成，就會以為香港的文化只在南丫島的結他聲裡了。

我一直不大認同簡化地說砵蘭街，大概是因為我還知道這街道之前的另一面貌。記起母親說過四九年初抵港時住在砵蘭街，想來我也在那裡生活過一兩年呢。回到家裡，我問母親：當時是怎樣的？她說：“剛來時住在旅館裡，後來覺得不是辦法，便租了砵蘭街的一層樓，那時都是幽靜的住宅區，有大騎樓。走出去，就是海旁了……”

二、西九龍“唔顯眼博物館”

去年我在東京看到六本木一個以“幸福”為題材的展覽，寫了一篇報道。後來有人說，政府那時也舉六本木作為商業與文化結合的成功例子。可是我想我要說的，其實倒並不是說這種結合一定成功，反而想說文化展覽的籌劃，需要廣闊的文化視野和長遠累積的修養呢！

後來有一個機緣，青年協會找我去當評判，看青年對西九龍文娛藝術區幾個博物館的建議，我想看看青年的創意，也想了解一下這個計劃是否真的在收集民意，便答應了。年輕人的建議，五花八門，好處是不像地產商或有利益牽涉在內的有關人等，因而可以盡量發揮創意，有不少有趣的想法。比如有年輕同學提議成立"公廁博物館"、"鬼故博物館"，另外還有同學建議成立學院，把大學集中起來，是看到了文化教育的需要，缺點則或許是未考慮到實行的困難了。

其中有幾位女同學提議成立文學館，整理香港文學，推動與外交流，這也是純從商業角度去看不會想到的好主意。我特別印象深刻的，是有幾個年輕人，進來時拿着常見的紅白藍膠袋，一開始，不慌不忙從裡面掏出火水爐、紅 A 牌膠櫈、熨斗、舊暖水壺，他們說："我們一般在博物館裡看到的，都是顯眼的東西，但在我們社會裡，往往有很多不顯眼的東西，像過去年代的日常用品，可以幫助我們了解過去的日常生活……"他們的建議是成立一座"唔顯眼"博物館！

他們的說法，未嘗沒有道理。這可以是有關日常生活、有關風俗人情、也可以是有關設計與物料藝術的博物館，這跟剛才那幾位女同學提到文學館，也未嘗沒有相通之處。大家說到文化，總是想到漂亮堂皇的建築物，裡面放着古老或外來的眾人皆認可的藝術品，是否也可以想到：文化亦是社區中眾人生活的情態、累積的智慧與共識呢？

但我們生活其中的社會，缺乏的正是這些東西呢！評判的時候，一位文化官員一口咬定應該給一對港大的參選者，因為他們的英語說得好，而且舉了六本木為例，主張的"商業與文化"結合的口號，"正好是我們要推動的！"

到底評判要不要討論呢？我說我們除了方向和漂亮的口號，具體的提議也是需要的，不然豈不是沒有聽聽年輕人的意見、豈不浪費了諮詢的機會了？

後來，到底是主張"商業與文化"結合的拿了冠軍，我欣賞的"唔顯眼博物館"也入了圍。頒獎那天，還請來了曾司長與青年對話。座上的年輕人，倒提出了不少尖銳的意見呢！這些意見，種種建議，將來會不會有人採納？這倒要往後看了。

嶺南大學的人文及社會科學研究院，要舉辦“香港與日本”研討會。我負責的人文學科研究所組織香港與日本文化關係的討論時，除了影視等普及文化的影響外，特別想引入都市文化空間的對話。我記起去年在東京研究香港和東京的都市空間，特別得到高須奈緒美的幫助，她告訴我橫濱方面如何把舊區翻新，又讓我看到了京都的雙年展，主辦的是京都一所小學改建成的藝術中心，在樸素而毫不誇張的舊建築裡，舉行了一個以“緩慢”為主題的雙年展，展出了為數不多但相當優異的藝術作品，又顧及了社區的欣賞和教育工作。

高須奈緒美來港的時候，我特別帶她去看了灣仔的利東街和藍屋等地，並介紹她認識正致力保留灣仔舊區及關心重建計劃的黃英琦，因為我也邀了黃英琦在翌日在研討會上就香港問題與她對話。

翌日我主持的那節研討會中，高須奈緒美報告了日本在重建市區及發展文化空間方面的做法，既包括了六本木長時間發展出來的大型社區計劃，也包括了種種保留或改建舊區、更注重原社區特色的發展。而黃英琦談到灣仔的現況和社區面臨的種種問題，兩相配合來看，更有了互相參照的多元例子。

香港有不少不顯眼的新地標，也有不少沒有那麼顯眼的舊地標。近期中環卑利街警署古蹟群產權招標變賣，令人擔心把文物的保育權又交給地產商，回想其中如舊域多利警署，其實多年來與香港舊歷史有不少關連，至少愛詩的人會想起戴望舒在戰時被囚在那兒，寫作《獄中題壁》、《我以殘損的手掌》，在戰時寄望將來的和平、在囚牢中以手掌撫摸想像中的廣袤大地。

香港拆建的速度是驚人的。不光是歷史地標轉眼成空，新樓也未能倖免。紅灣半島，作為政府的居屋，由於政府停售居屋，廉售予地產商。但在還未招徠住客入住以前，地產商想把整幢拆掉重建豪宅賺錢，如此浪費而不環保，惹來大家反對，抗議聲不絕，最後地產商終於採納眾議不再拆毀，順應大眾的意見，也可算和氣收場了。但最近西九龍文娛藝術區的規劃，招標由大地產商來發展的過程，又再惹起不少爭論。

這些不同的意見，不一定是刁民的刁難，而是大家對過去香港多年以來，由商人主導的社會文化，以棄舊追新，追求更巍峨更顯眼的市標為唯一價值標準，提出了質疑。在顯眼的璀璨與財富以外，一個城市是否也應該同時更重視一些不顯眼的價值標準呢？這倒是值得細想的。

三、素人攝影者

我很早就喜歡攝影，但也說不清楚為什麼喜歡。七〇年代初到澳門、廣州和台灣旅行，拍了很多照片。離開廣州的時候，海關檢查我的照片，不滿我拍得這麼零碎。為什麼不拍名勝，專挑瑣碎事物不完整地拍？我也沒法回答，結果害我失去了好些膠卷。

其實我想我當時拍照就像是寫作的副產品，是觀察和留神的練習，是一些速寫和記錄吧。我後來有許多攝影家朋友，也多番跟他們合作。他們都是訓練有素的專業攝影師，我也就藏拙，不會把攝影拿出來，更把它當成一種私人的愛好了。

我這個素人攝影師，當然也有我的想法。我浸沉於某個瞬間，撿拾某個意象，可能是覺得在無人注意的東西那裡，也有值得留神的東西。有人說：“被剝奪了過去的人，成為最熱心的攝影者。” 我們的城市外貌老被地產商支配，我們對人的記憶老被傳媒淹沒，個人的力量是微小的，寫幾個字，拍攝一幅肖像，也不過是想：那些小路旁邊的事物，那些沒有放大登上報刊頭版的人，也許也有他們值得聽聽的故事呢！

一個專業攝影師總是那麼得心應手，手到拿來。我作為一個業餘的攝影人，老發覺在重要的場合忘記了帶攝影機，忘記開機，忘了電池。太堂皇的景象人物，你猶豫也就放棄了；你橫過馬路，瞥見廣告牌上有人走動，你遲疑要不要拿出照相機，後面的人湧上來，前面已換紅燈了。

我的攝影，往往不是配合文字的圖解，而是從另一角度去看，不同時間的對照，通向另外的思考的引子。說美是容易的，但攝影如何引向感情和思考呢？我這個業餘的攝影人，笨拙地試探光暗、摸索一個畫面可能包含的容量，在偶然和必然之間碰碰跌跌，老是覺得在某個瞬間所見所感，與拍出來的照片還有一段距離。

攝影並不等於經驗。攝影有時取代了經驗，有時甚至抹煞了經驗。但當你經歷了某個瞬間，覺得攝影不足以記錄而放棄了，事後你又會後悔，那洞穴中的祭品是什麼顏色？那張臉孔上的平靜是如何的曖昧呢？

我在城市中撿拾光影。攝影，只是探索、思考、觀看世界的一種方法。就像文字。也總是不完美的，跟現實有一段距離，而我們別無其他，也只能以之指向我們心中的景象。

四、這一本小書

舒非約我編一本書談我心中的香港，我以為自己過去寫過不少香港，一定可以應付過來。答應以後才發覺不容易。其實之前有年輕編輯約稿，我因事忙蹉跎，事後內疚，這次只好硬着頭皮編起來了。

其實是可以有許多不同方法編出這樣一本書來的。我想一個人沒法無窮盡地羅列一切，何況香港又是出了名的變幻無常。我只好提供一些觀看的方法，嘗試一些描述的角度。

我想過用人物去寫。各種各樣的人、不同國家和社群的人。我想過嘗試不同的文類、提供不同的敘說現實的方法。我想過收入與不同媒介的對話，聲色藝俱全。由於篇幅關係，由於現實限制，只好實事求是。幸好收入一些照片，補充了原來想說的，換另一個角度說話。

我原以為把舊稿編一編，沒想到卻花去了寫一本新書的氣力；整理下來，收有舊稿，但至少有三分二，還是尚未結集成書的新稿，我的文稿原都答應由牛津出版，還要謝謝道群的慷慨，借出版權。照片不是現成有嗎？可光是找舒巷城的一幀，就不知花了多少時日，麻煩了多少朋友！有些想找的舊照片沒找到，又去拍了不少新照片。弄來弄去，好像還沒說出我心中的香港，真不知要感謝舒非的好意，還是怪她？從紅白藍膠袋裡，掏出這些不顯眼的文字與影像，還望不要見笑。

也斯

二〇〇四年十二月